巫克拉拉

Wildwitch 之 遗忘诅咒

[丹] 琳恩·卡波布 著

潘亚薇 译

朝华出版社
BLOSSOM PRESS

著作权合同登记号 01-2019-5133

图书在版编目（CIP）数据

女巫克拉拉之遗忘诅咒 /（丹）琳恩·卡波布著；
潘亚薇译. — 北京：朝华出版社 , 2019.12
ISBN 978-7-5054-4535-2

Ⅰ.①女… Ⅱ.①琳… ②潘… Ⅲ.①儿童小说－长
篇小说－丹麦－现代 Ⅳ.① I534.84

中国版本图书馆 CIP 数据核字（2019）第 187700 号

女巫克拉拉之遗忘诅咒

著　　者	［丹］琳恩·卡波布
译　　者	潘亚薇

选题策划	刘冰远　张 丽	封面设计	马尔克斯文创
责任编辑	张 璇　宋 爽	插画绘制	徐瑞翔 王 香 等
责任印制	张文东　陆竞赢	排版制作	中文天地

出版发行	朝华出版社
社　　址	北京市西城区百万庄大街 24 号　邮政编码　　100037
订购电话	（010）68996050　68996618
传　　真	（010）88415258（发行部）
联系版权	zhbq@cipg.org.cn
网　　址	http://zhcb.cipg.org.cn
印　　刷	环球东方（北京）印务有限公司
经　　销	全国新华书店
开　　本	880mm×1230mm　1/32　　字　　数　　120 千字
印　　张	6
版　　次	2019 年 12 月第 1 版　2019 年 12 月第 1 次印刷
装　　别	平
书　　号	ISBN 978-7-5054-4535-2
定　　价	28.80 元

目录 Contents

WILD WITCH

Chapter 1

第一章

红隼

"你喜欢这里吗？"爸爸满怀期待地看着我。

"哦，是的，非常不错。"我敷衍地回答。

这个房间比我和妈妈在水星街的家要大，白墙的涂料味儿还没有散尽，外面是玻璃幕墙，一扇玻璃门通向阳台。极目远眺，能看到仓库、集装箱和码头起重机以及更远处的水面。爸爸从老房子里搬来的东西都装在几个橙色的箱子里，而他正坐在给我新买的床上。

爸爸找到了一份新工作，搬离了距此地甚远的梯田上的那座老房子。那房子有灰白墙、瓦屋顶、满园的苹果树和久未修剪的草坪。爸爸搬到港口小区里这套昂贵的新公寓中，从水星街到这里只需要坐十五分钟公共汽车。他说迫不及待地想花更多的时间和我在一起。

以前，也就是说此前的七年中，我们相聚的时间非常有规律：暑假两周，圣诞节一周，复活节假期的一半，还有秋天的两个周末。不过去年秋天，我们只相聚了一个周末——因为奇美拉、黑猫还有爱莎姨妈那些事。我还记得当时爱莎姨妈教我的"荒野女巫自卫第一课"。顺便说一下，爸爸完全不知道这些事情。他和大多数人一样，认为我就是得了猫抓热病了几周。

除了这点儿小插曲，我们的日程一直很规律——在美好的假日，我会在爸爸的老房子里与隔壁的米克和莎拉一起玩儿。爸爸会休几天假，我们去当地的游泳池游泳，笨拙地烤面包卷，一起玩儿游戏，做爆米花，还会看许许多多的老电影，他真的真的是个很棒的度假老爸。

现在他不再是度假老爸了，他有了这个带临街阳台的新房子。但这也就意味着，我不再有米克和莎拉，不再有装点着红浆果的灌木丛，不再有暴风骤雨敲打屋顶瓦片时围炉喝热巧克力的温馨，也不再有雨水在天井中画出的道道小溪。

现在我们离得近了，爸爸对此很兴奋，其实我也是，现在我们可以每周都见面，而不必等上几个月了。我唯独介意的是，他把我的度假屋卖掉了，却没有提前和我说一声。

"你可以在阳台上欣赏落日，"爸爸说着打开了玻璃门，"夏天我们可以坐在外面烧烤。"

二月的天气冷得很，我努力忍住对烧烤的渴望。

猛烈的冷风吹起窗帘，室内弥漫着柴油、焦油和海水的味道。突然，一团羽毛出人意料地像投弹一样俯冲进开着的阳台门。

"什么东西？"爸爸喊道。

那是一只猛禽，其实说起来也不算大，但在公寓的房间里就显得非常大了，苍白的扇形尾羽带着黑尖。它猛地停在我面前，我本能地伸出手臂，它有点儿笨拙地落在我的手腕上，黄色的爪子紧紧抓住我的毛衣袖子，抠进我的皮肤。即使如此，这只鸟还是不得不扑扇着翅膀才能站稳。

它一只爪子抓着什么东西——一张叠起来的纸。它专横地递过那张纸，冲我叽叽喳喳，我很清楚它的意思。等我一接过来，它就振翅绕着房间飞了一圈，穿过阳台门，飞向了远处的天空。

"但是……"爸爸站在那儿目瞪口呆，"这可是只红隼！"

我赶紧把那张字条塞进牛仔裤口袋里，爸爸的注意力都在那只鸟身上呢。

"最近城里这类东西越来越多了。"我尽量轻描淡写地说，就好像有只红隼飞到人们的起居室很正常似的。

"嗯……对，但是……一定是有人驯养的，是不是？它戴着脚环呢吧？"

"大概是吧。"我说，"一下子就走了，我真没看清。"我相当肯定，这是一只野生的红隼，根本不是被驯养的，更没戴什么脚环，不过我可没打算说这个。

"真了不起，"爸爸说，"城里的野生动物似乎比我预料的要多。"然后他注意到了我的手。

"哦，不，克拉拉，"他说，"它把你抓伤了。"

我低头看了看，他说得对，我的手腕上有一道深深的划痕，血流到了手掌上。血流得并不多，但一种奇怪的寒冷的感觉在我的胃里搅拌。我不禁想到，这一切都是从去年秋天开始的，一个下雨的早晨，在上学的路上，那只黑猫、四条抓痕和几滴温热的血……我仍然记得猫身体的重量，以及被它湿润而粗糙的舌头舔血的感觉。

那就是我和黑猫相遇的方式。现在它和我们一起住在水星街，但谁要觉得它是只宠物，那就是个天大的误会。它十分适应我这个普通女孩儿的日常生活，但总会抓住一切机会告诉我，我和它究竟谁属于谁——它的观点显而易见，就不用多说了——它始终坚持己见。除非它躺在我身边打呼噜，否则我根本不知道它在哪里。

为了解释它那超乎寻常的大块头，我们告诉邻居，它是一只特别的挪威森林猫。

"你最好把伤口清理干净。"爸爸说，"被那只猫抓伤后，你打过破伤风针吗？"

"打了。"我说，然后老老实实地走到洗手间，把手腕贴在冰冷的水龙头下。我凑近水池，在镜子里审视着自己。猫爪留下的四条竖直的小伤疤，已化为稀疏的白线，我平时几乎不会注意到。而现在，我突然觉得它们看起来更突出了。

"这里可以养猫吗？"我问。

爸爸犹豫了。"恐怕不行。"他接着说，"但如果你愿意——你说它叫什么来着？是'小狸'吗？"

"是的。"我说。我很清楚，这名字没什么想象力，却是唯一符合它那任性的本性，并且能描述它那大大的毛茸茸的黑色身体的词。

"如果想带它来，那你需要准备一个随身笼子和小托盘给它。把它圈养在公寓里，我想还是可以的。"

笼子里的猫？我想，这肯定行不通，我还没傻到给小狸提这种建议。

伤口的血很快就止住了。那只红隼已经尽力不去伤害我，不然我可能会被它的爪子抓出四个深洞来。但它要单腿着陆站稳，伤害是难以避免的。

"疼吗？"

"不，"我说，"没什么。"

"我要做些热巧克力。"爸爸说，"你可以把行李打开，放松一下，想干什么就干点儿什么……"

我知道，他明白我没有嘴上说的那么喜欢新房间。他又不是傻瓜。嗯，好吧，至少不经常是傻瓜。他把手放在我头上，揉乱了我的头发。

"一切都会好起来的。"他说。

直到听到爸爸在崭新的白色厨房里忙来忙去的声音，我才从口袋里拿出字条，打开它。

字条上写着：精灵谷公园。明天日落前一小时，北道，从大门起第三个长凳。长凳底部画着一只小雪貂的头。

正如我猜想的那样，这并不是爱莎姨妈给我寄来的。但它一定是某个荒野巫师给我寄来的——不然还有谁会用野生红隼当信使呢？我知道只有一个人的荒野伙伴是雪貂。

珊妮娅为什么要跟我碰面？她不是那种喜欢和闺蜜聊天拥抱的人。

肯定有很重要的事。

WILD WITCH

Chapter 2

第二章

珊妮娅

"她应该在这里啊，就是这周围。"

我说着，又仔细检查了一下已经揉皱了的纸条——日落前一小时，北道，从大门起第三个长凳——没错啊，我身上还带着红隼抓出的伤呢。

"也许我们来得太早，"奥斯卡停下来好让武弗对着灌木丛撒尿，"或者太迟了。为什么她不能像正常人那样写个准确时间，比如五点十五分呢？"

"因为她是一个荒野女巫。"我说，"对她而言，时间完全是个自然概念，而不是手表上的刻度。"但其实我心里也觉得，在二月初确定什么日落时间真是挺要命的。

精灵谷公园没有它的名字那么神奇，它就挤在铁路、一家肉类加工厂和一大片无人照料的小花园之间。夏天时，这里还有一些枝繁叶茂的树，一些人会在这里做日光浴。到了冬天，这儿就只剩下泥泞、阴郁和荒凉了。小路上和潮湿的草坪上堆满了汉堡包装纸、比萨饼盒子和空啤酒罐。似乎曾有清洁工用心捡起垃圾，并装进黑色垃圾袋里，但他随后就随手将垃圾袋甩在了长椅后面。

"这里没有人，"奥斯卡说，"我们可以回家了吗？"

"是你非要跟我一起来的，"我说，"是你自己一定要来见真正的荒野女巫的。"

"是的，因为我认为这非常酷。但是这儿没有荒野女巫啊，不是吗？当然我的意思是，除了你。"

"当然，我不算……"

"哎呀，得了吧，你知道我的意思。"

我又数了一下长凳，以确定我没找错地方——从大门起第三个，没错啊，但它就是空的。我不确定自己是否期待着一转身，就看到珊妮娅从二月的灰色空气中突然出现，这当然不可能。

"再找找，"我说，"万一我们理解错了呢。"

"克拉拉，这公园就这么大地儿，她不在这里！"

这时，有个垃圾袋突然动了一下。我的心猛地跳到嗓子眼儿，我吓得尖叫起来。

"怎么了？"奥斯卡说。

我一指。"那儿！"我说，"它动了。"

"塑料袋"在风中飘动，但那其实根本不是塑料袋。现在奥斯卡也看到了，一个尖尖的、白色的头卡在垃圾间，它长着圆圆的黑耳朵、红眼睛，胡子比脑袋还宽。

"这是……叫什么来着，"他问，"黄鼠狼？"

"这是雪貂，"我感到二月的寒意在体内蔓延开来，"这是珊妮娅的……"

我蹲在长凳边向雪貂伸出手，它张开嘴，露出满口锋利的牙齿嘘我。直到此时，我才意识到那堆"垃圾"并不是垃圾。我看到在黑色袋子的掩盖下，有人的肩膀从破

旧的皮夹克中露出来。在牛奶盒、比萨饼盒和爆米花袋中间有一条牛仔裤，那并不是被人扔掉的旧牛仔裤——有人穿着呢。还有那只手，苍白的指尖上是长长的银色彩绘指甲，从黑色的皮手套里露出来。

这是珊妮娅。

"这是……她还……活着吗？"奥斯卡低沉而焦急地问道。武弗不安地对着雪貂，也可能是对着珊妮娅吠叫着。早些时候，它从这长凳周围走过了两次，根本没有注意到垃圾袋有什么异常。

"让开，"我严厉地命令那只雪貂，"我们只是想帮助她。"

也许我的能力已经足够让它理解我的意思。总之，在我挪开垃圾和塑料袋时，它尽可能克制着没有用牙齿咬我的手，让我更清楚地看到珊妮娅。

她还有呼吸。

她的眼睛紧闭着，脸冷得像冰，但她还在呼吸着。

"她还活着。"我叫道，安心不少。

但是她怎么了？

WILD WITCH

Chapter 3

第三章

空　襲

"我们难道不叫救护车吗？"奥斯卡问。

"我不确定。"我说，"医院不会让雪貂进去，我想我们最好给爱莎姨妈打个电话。"

"但是她没有电话。"奥斯卡反对道。

事实上，她有。去年秋天，我说服她买了一部手机，但她住得离信号塔很远，只有爬到农舍后面的小山上才有信号。她能打电话找到我，但我却没法儿打电话找她，除非她碰巧走到小山上去欣赏风景。

尽管如此，我还是试了一下。"嘟……嘟……您呼叫的号码现在不在服务区……"真是一点儿都不意外。

我摸了摸珊妮娅的脸颊，她身上仍然很冷，没有任何会醒来的迹象。

"嗯……"奥斯卡说，"克拉拉，天越来越黑了，你不觉得吗？而且……是起雾了吗？"

我抬头看了看，他说得对，原本灰色的天空已经差不多变成了黑色，灰色的薄雾仿佛触角一般穿过泥泞的草地伸向我们。日落前不到半小时的时候，天色还没有什么异常，但是那些弯弯曲曲的灰色"触角"……仿佛是在寻找什么东西似的。它们中的几缕绕上了奥斯卡的脚踝，奥斯卡本能地抬起了腿。

"恶心！"他惊叫道。

黑色的天空突然破裂，一道白光闪过。我盯着那道白光像潮水一样冲向我们。几秒钟之内，我们就被一大群巨大的白鸟包围了。

"这是什么？！"奥斯卡刚刚张口还没有说完，一只鸟就撞到了他的胸口，把他吓了一跳。空气中充满了海鸥的尖叫声、拍打翅膀声和啄食声。它们有着红色的眼睛和红黄相间的喙。武弗先是低吼了几声想吓退对方，之后就叫着想要逃走了，但系在奥斯卡手腕上的皮带猛地拉住了它。随即，海鸥扑向武弗，仿佛跳上一堆特别好吃的厨余垃圾。

它们没有碰我，只是冲着奥斯卡、武弗和珊妮娅扑去。

"走开！"我朝它们大喊，挥舞着手臂，"退后！马上走开！"这是我唯一能运用自如的荒野女巫力量，也就是冲着动物和某些人大喊，令其走开。

只是这一次没有起作用。也可能正因为如此，它们才远离了我，却没有离开别人。我抓住一只拍动着的白色翅膀，把一只巨大的海鸥从奥斯卡身上拽了下来。武弗咆哮着试图逃走，却因为皮带仍缠在奥斯卡的手腕上而无法实现。砰砰梆，砰砰梆，海鸥把它们的羽毛和长长的硬喙当武器不断进攻。奥斯卡躺在地上一边大声喊叫一边左右滚动，同时挥舞双臂努力驱赶那些鸟。

"小狸！"我喊道，"小狸，救命！"

我不知道它在哪里，或者它是否能听到我的话，我只知道我靠自己一个人解决不了这件事。我惊慌失措地把啄食的海鸥从奥斯卡、武弗和珊妮娅身上扯下来，不管是肥嘟嘟的白色翅膀、粗短的尾巴，还是疙疙瘩瘩的黄色的腿，我不在乎抓住的是什么，我只想把它们赶开。

　　"小狸！"这次我喊得声音更大，"救命！"突然间，我不再是孤身一人了，与海鸥战斗的不再只有我自己了。一群画眉、麻雀和嘴巴像钳子的红腹灰雀，还有两只姜黄色的狐狸、四只野生的虎斑猫，它们发出各种嘶鸣声和咆哮声；还有一群羽毛黑白相间的喜鹊、一只翼展巨大的苍鹭和一只脖子像史前爬行动物一样的动物……越来越多的动物加入我的队伍。许多白嘴鸦、乌鸦、野鸭和十几只褐鼠，它们对海鸥连扑带咬，从地面上的灌木丛到天空双管齐下。

　　还有我的黑猫——小狸也在这里。它嘶吼着，挥舞着豹爪一样大、鱼钩一样锋利的爪子，就像一颗黑色的鱼雷扑向海鸥。"退后，白痴！"我能清楚地明白它的想法，同时耳畔传来奥斯卡语无伦次的叫喊声。

　　海鸥终于撤退了。它们中许多都受伤了，还有两只在砾石上折断了翅膀。它们现在看起来就像普通的海鸥，有着普通的浅黄色眼睛，而那些能飞的海鸥飞走了。小狸狠狠地用爪子驱赶着来不及逃走的海鸥，有只狐狸抓走了一只受伤的海鸥，喜鹊则在光秃秃的灌木丛间追逐，我觉得它们可能在杜鹃花后面抓住了猎物。

我更担心的是奥斯卡，他慢慢坐了起来，看上去不太好。他的棒球帽掉了，头发乱七八糟的，血从他的鼻子和眉毛上滴下来，他的脸上和双手满是伤痕。幸好这是二月，他穿着冬天的衣服——他的夹克撕破了多处，露出里面的人造纤维，这件衣服无疑替他挡掉了许多伤害。

"啊，"他缩了缩手，"真疼啊……这该死的蠢海鸥！"

这大概是个好兆头，他还能咒骂发脾气呢。武弗舔了舔奥斯卡的脸颊，看起来有点儿沮丧。

奥斯卡小心翼翼地摸了摸鼻子。

"那些海鸥怎么了？"他好奇地问，"这也是荒野女巫操纵的吗？"

虽然他还在流血，但似乎并没有我那么震惊。也许他不清楚自己曾多么接近死亡，险些丧身鸟嘴之下。我不可能独自一人战胜这些海鸥，我之所以能成功，是因为得到了这么多帮助。

"是奇美拉吗？"我问小狸，"是她让海鸥袭击我们的吗？"我知道海鸥决不会无缘无故这样做的。

小狸只是咝咝着露出它的一只黑色前爪。它不知道是谁在后面操纵，如果被它知道了，它一定不会轻饶。

奥斯卡站起身来。

"那现在怎么办？"他说，"你确定我们不用叫救护车吗？"

小狸弓起背，然后伸了个懒腰。"爱莎，"它说，"你需要爱莎。"

我完全同意，可是不知道怎样才能找到她啊，是不是？

　　就在这时，我的手机响了。

WILD WITCH

Chapter 4

第四章

爱莎姨妈

　　她肩上架着图图从雾中走来，星辰跟在身后，虽说它是一匹健壮的矮脚马，但看上去更像一只大狗。图图张开它宽大的翅膀，瞪着圆圆的眼睛盯着我们。"真棒！"奥斯卡低声说道，他似乎失去了语言能力。

　　我挺同情奥斯卡。我见过爱莎姨妈在家里的样子，她属于那里，在树林中有石头建造的农舍、石蜡灯、客厅里的火炉，还有供刺猬冬眠的鞋盒。她在那里看起来与众不同，但不至于像现在这样与环境格格不入。

　　她从浓稠的灰雾中出现，戴着宽边的帽子，梳着长长的辫子，肩上架着猫头鹰，没有缰绳和马鞍的马小跑着跟在她身后——这里可是精灵谷公园的柏油路，这周围是空易拉罐和公园长椅，还有车辆从精灵谷公路呼啸而过……而我的爱莎姨妈呢，她看上去就像是……好吧，就是她的真实身份——一个女巫，一个可以在任何时间、任何地点通过荒野之路出现的荒野女巫。她不管从哪儿到哪儿，既不用开车也不用坐公交车。她现在看起来怒气冲冲的，好像真的会因为谁举止不当而把他变成青蛙——当然了，她也未必觉得做个青蛙有什么不好。

　　她一句话也没说，只是微微点了点头。我跪在珊妮娅的身边。爱莎姨妈把手放在珊妮娅的脖子上，开始吟唱荒野之歌，那歌声也如浓雾触角一般缠绕着我们，那高低起伏的旋律带来一阵温暖。温润的土壤和潮湿的树叶的气息，自我们骨髓中震颤至生命深处。

珊妮娅轻轻咳了一声，我看到一滴黏糊糊的粉红色液体从她的嘴角溢出，看上去就不怎么健康。她又一次更猛烈地咳嗽起来。那只雪貂颤抖了一下，然后欣喜若狂地欢腾雀跃起来，像一只可爱的小猫似的蹭了蹭爱莎姨妈的手。珊妮娅睁开了眼睛。

她还没有完全恢复知觉，目光模糊而困惑，也无法坐起来。她手中紧紧攥着一丛乱糟糟的草，全身都在发抖。

"珊妮娅，"爱莎姨妈叫了出来，"珊妮娅，我们在这里！你在这里！回到我们这里来！"她这是什么意思？

"珊妮娅！"她用命令的语气大声喝道。珊妮娅全身突然猛地抽搐了一下，她的眼神发生了变化。

"是的，"珊妮娅用安静而低沉的声音说，"我现在就在这里。"就好像她刚才不在似的。

然后珊妮娅轻轻地咳嗽了一下，闭上了眼睛。"帮我把她弄到星辰背上，"爱莎姨妈说，"她自己没法儿走路。"

珊妮娅的皮肤还是很冷，但是不像原先那样冰凉了。她试图站起来，但浑身无力、寸步难行，要把她弄到星辰宽阔的背上都很费劲。

"抓紧鬃毛，"爱莎姨妈对她说，"我们会把其他事情处理好的。"

"好的。"珊妮娅低声说，她伏在星辰的脖子上，双手抓着粗糙的鬃毛，但我还是不得不和奥斯卡一边一个扶着她，帮她在马背上坐稳。雪貂从她的皮革夹克领口探出头来，发出微弱而尖锐的呃呃声，声音中充满焦虑。

"你们得帮帮忙，"爱莎姨妈声音紧绷着说，"你们两个，我们得把她带回我家。"

"但是……"奥斯卡开口道。

"我会送你回家的。"爱莎姨妈说。武弗只是满怀崇拜地盯着爱莎姨妈，冲她摇着尾巴，宽大的臀部摇来摆去的。"克拉拉，给你妈妈打个电话，告诉她我会尽快把你送回来。"

我觉得爱莎姨妈应该不知道，我妈妈对这种消息会做出怎样的反应，所以决定给妈妈发条短信："奥斯卡和我还有爱莎姨妈在一起，请您打电话给爸爸好吗？稍后会解释。"——这就简单多了。

"这就是荒野之路？"我们启程时，奥斯卡小声问我。

"还不是。"我说。

爱莎姨妈引路，星辰小心翼翼地跟着，像是怕摔着珊妮娅。雾变得更为浓稠，同时精灵谷公路的交通噪音也消失了。

"现在我们在荒野之路上了。"我对奥斯卡说。

我们从荒野之路的迷雾中走出，到了爱莎姨妈的农舍附近，天已经完全黑了。一轮巨大的满月挂在右侧的树梢上，细细的霜雪洒在草甸和砾石道上，映得一切都泛着忧郁的蓝色。草地、道路、茅草屋顶的农舍和马厩，还有果园里的苹果树……一切都在冷冷的蓝色月光下闪闪发光。炉火肯定还在烧着，从烟囱里冒出一缕缕蓝色的轻烟。星辰大声嘶叫着，我们能听到房子中传出汤普兴奋的声音，这让武弗亢奋不已，用皮带都拉不住它。

爱莎姨妈帮珊妮娅从马上下来。"请你帮我照看一下星辰好吗？"她问我。

"当然可以。"我说，尽管实际上我现在并不想去马厩。珊妮娅仍不清醒，还不能告诉我们到底发生了什么事，我好奇得要命。但是星辰一路上那么体贴又小心翼翼，以免伤到背上虚弱的骑士，它应该得到美食、爱抚和一次美美的擦洗作为奖励。

奥斯卡站在院子中间，眼睛越瞪越大，当然不是农舍的茅草屋顶或灰色的石头墙让他这么惊奇，而是我们一下子就出现在这里这个事实让他觉得匪夷所思。十分钟前我们还在精灵谷公园，跨个栅栏的工夫就到了森林深处。

"哇！"他说，"发生什么事了？"

"荒野之路，"我说，"我告诉过你。"

"是啊，但是……"

但是切身体会和我告诉他的感觉是完全不同的，我很明白这种感受。

"你会习惯的。"我说，虽然我其实也不太确定自己是否习惯了。

奥斯卡帮我照料星辰，他对跟马打交道没有什么经验，我教他如何刷马——先用塑料梳子轻轻打圈，然后用长毛刷顺着马毛刷。我们站在星辰的两边，抚摸着它长长的脸，给它刷毛，直到它垂下下唇，看上去很满足。事实上，在经历了刚才发生的事情之后，我此刻感到非常愉快、平静和安全。我们把武弗从皮带中放出来，它小心翼翼地走向那些勇敢的山羊。调皮的山羊用短粗的角去逗弄它，吓得武弗尖叫着寻求奥斯卡的庇护。武弗不是那种会勇斗恶人或者海中救援的英雄主义的狗。说实话，它总是有点儿懒洋洋的，但它还是一只非常可爱的狗。

小狸不见了，我认为这是个好兆头。如果它认为我还处在危险之中，我相信它会和我在一起的。

"你说珊妮娅怎么了？"奥斯卡问道。

"我不知道，"我说，"但是如果你能帮我给星辰添一些干草和水，我们就可以进去看看了。"

WILD WITCH

Chapter 5
第五章
珊妮娅的故事

炉火熊熊燃烧着，汤普把它的头和一大半身子靠在我膝上休息。它太重了，压得我的腿都开始发麻了，但我没有把它推开，因为它的出现让人感到温暖和安心。武弗蜷缩在奥斯卡的脚边，大声地打着鼾。这一切都美好又闲适。

但是一切对珊妮娅而言，当然没什么美好闲适的。

"在我失去韦斯特马克的时候，"珊妮娅说，"人们总是试图劝我说，会有其他更好的地方住。他们只是想让我感觉好点儿。不过他们没弄明白，我出生在那里，我属于那里，我的内心有什么东西只留在那里，像帽贝嵌在岩石上一样根深蒂固。我可以外出旅行，我可以流连于其他地方，但那终究都不是我的归宿，你明白吗？"

她脸色苍白而虚弱，我只是点点头，尽管我不知道她到底是什么意思。她是在描述自己的乡愁吗？我知道想家的感觉。我住在爱莎姨妈这里时，经常思念水星街的家，有时我也会想念爸爸和栗树街的那所房子。

虽然那已经是过去的事了，但我仍然记得当爸爸告诉我他卖掉那房子准备搬家时，我那种由衷的心痛。也许，珊妮娅的感觉和这有些像，或许更糟糕。

"我父母去世的时候我还很小，我真的不记得他们了，但我记得韦斯特马克。"

这是我刚刚才知道的，珊妮娅是个孤儿——虽然我原来听说过是奇美拉夺走了她童年的家……我感到一阵同情她。

"你的生命之索与众不同。"爱莎姨妈说，"它不仅像其他人的一样联结你所有的生命力，而且似乎还有一个额外的根源。"

珊妮娅点点头。"那就是韦斯特马克，现在你明白了！"她的神色放松了许多，不再像刚才努力解释时那样手脚紧张，而是安静了下来。

我仔细打量着珊妮娅，这位遭受了太多伤害的年轻荒野女巫脸色苍白而疲惫。我意识到，哪怕仅仅是要赶上爱莎姨妈一半的水平，我也还有很长的一段路要走。

"所以当乌鸦之母流放了奇美拉，韦斯特马克就是所有我能想到的一切。早晚有一天，乌鸦之母会从她那里把它还给我。或者说，起码我自己是这么认为的。"珊妮娅说。

"然而事实上他们没给，对吗？"我问。我似乎记得，在给我的圣诞贺卡上爱莎姨妈提到过些什么。

"看怎么说了，他们把韦斯特马克的契约书还给了我，但他们不会帮我驱逐奇美拉。"

"许多乌鸦死了，"爱莎姨妈说，"乌鸦之母要恢复昔日的力量还需要几年时间。"

"是的，他们说我必须等待，但是我等不了。"她摸索着她挂在沙发后面的皮夹克，然后递给我一个破旧的皮夹子，"看。"

我接过钱包，不明白她为什么把它给我。里面没有钱或信用卡之类的东西，只有塑料夹层里的一张折了角的照片，大多数成年人都会把自己孩子或配偶的照片夹在这里。但珊妮娅的照片里没有人，只有狭窄的海滩、平静的海面，以及避风港和陡峭悬崖上的点点青草。可以看出远处一座老房子的轮廓，屋顶上的有烟囱。不知怎的，那房子看起来像是在世界尽头。还有一大群海鸥，各个都有尖锐的白色翅膀。我立刻想起公园里发生的那件事，忍不住想要发抖。

我觉得既然这对于珊妮娅那么重要，我应该说些什么夸夸这地方，但是现在我满脑子都是海鸥的喙和血红的眼睛。我把钱包还给她，一句话也没说。

奥斯卡看了看她，又看了看我，想弄明白到底怎么回事。"为什么乌鸦这么重要？"然后他问道，"我的意思是，死了乌鸦那么要紧？"

"没有它们，乌鸦之母就看不见了，"爱莎姨妈说，"要是盲了可就很难照顾别人了。"

"那么你做了什么？"奥斯卡问珊妮娅，"你召集军队了吗？"

珊妮娅盯着他，皱着眉头问："什么军队？"

"就是军队嘛，这样你就可以拿回你的城堡了。"

"韦斯特马克不是一座城堡，"她说，"只是……一个地方。我要军队干什么？"

"难道你不打算打败奇美拉和她所有的同伙吗？"

珊妮娅看了看我，像是在问奥斯卡在说些什么。

"这可不像电脑游戏。"我轻轻地说，"我不觉得奇美拉有什么同伙，珊妮娅也绝对没有什么军队。"

"要是我真的召集一些人，结果也许就不一样了，"珊妮娅说，"因为现在奇美拉确实有了许多帮手。"

"这是什么意思？"爱莎姨妈严肃地问，"不要告诉我有哪个荒野巫师会帮助她，毕竟她是个逃犯。"

"没有，不是荒野巫师。"珊妮娅说，"但她对韦斯特马克的动物做了些什么！那些动物不再自由了。"

"你是说她剥夺了动物的灵魂吗？"爱莎姨妈的声音中饱含愤怒，汤普跟着抬起头。"她奴役了它们吗？"

"那是什么意思？"奥斯卡问道。

"令人发指的罪行，"爱莎姨妈回答说，"剥夺动物的自由意志，不是召唤或是帮助它们时让它们安静，而是压制和奴役它们。任何荒野巫师都不该如此。我知道奇美拉践踏荒野巫师的誓言很多次了，但没想到她会如此卑鄙无耻。"

"海鸥，"我说，"还有去年的蝙蝠……"

"你在说什么，克拉拉？"爱莎姨妈问。

我把那些事都告诉了爱莎姨妈，从奇美拉操纵蝙蝠让我在烈火试炼中跌下绳梯，到精灵谷公园中的海鸥袭击。

"可是那些海鸥真的能从韦斯特马克一路飞到精灵谷

公园吗？"我问。

"也许，"珊妮娅说，"如果她开通荒野之路送它们的话。"她看看奥斯卡身上的抓痕和擦伤，然后看看我，接着问，"但它们没有攻击你？"

"还真没有。你和奥斯卡首当其冲，还有可怜的武弗。"我说。

武弗迷迷糊糊地拿尾巴扫了几次地板，然后接着睡觉了。爱莎姨妈慢慢地点了点头，"听起来像灵魂剥离。"珊妮娅长叹一声。

"我的计划只是想看看，如果奇美拉不肯自愿离开，赶她走会有多困难。但我到了还不到一个小时，就被它们发现了。首先是鸟，然后一群野狗，或者更确切地说，是一群灵魂被剥离的狗，它们包围了我和埃尔弗里达……"珊妮娅一只手抚摸着雪貂的后背，"我无法摆脱它们，然后奇美拉自己就出现了。"

在那一刻，珊妮娅的脸上没有任何表情，但我不认为那是因为她什么都感觉不到，恰恰相反，是因为她的感受太深。

"她用寒铁绑着我，"珊妮娅用单调的声音说，"我对此毫无抵抗之力，然后她开始拷问我。"

爱莎姨妈的脸都有些扭曲了，被审讯的痛苦和屈辱可想而知。珊妮娅甚至都不肯看我们。

"她想知道什么？"爱莎姨妈轻声问。

"关于韦斯特马克的很多事情，还有关于克拉拉。"

"关于克拉拉？具体是什么？"

"她究竟有哪些能力，我的意思是，作为一个荒野女巫。"

"不多。"我闷闷不乐地想着。

"关于她的父母是谁，还有一些关于寒铁的事情。"珊妮娅继续说。

"她也用寒铁把我绑起来过。"我边说边忍不住摸了摸自己的脖子，我还没有忘记那个铁项圈带来的冰冷、尖锐的压力。

"但你仍然可以使用你的力量，"爱莎姨妈说，"你驱逐了她。我想她肯定很迷惑。她还说什么了吗？"

"没什么了。"

突然，小狸跳上沙发来到珊妮娅身边，我甚至没注意到它和我们一起进来了。它把鼻子凑到珊妮娅的脸上，雪貂嘘它，小狸发出了一种介于呼噜和咆哮之间的声音。珊妮娅眨了眨眼睛。

"等等，"珊妮娅低声说，"是的，还有别的，一些关于……可能是'碎绿'还是什么听起来类似的东西。"

这让我猛地坐直了身体。

"翠碧？奇美拉说得是翠碧吗？"

"是的。"

"那是谁？"我问。

"我不知道，"珊妮娅不耐烦地说，听起来她觉得这没什么要紧的，"我从来没听说过这东西，不知道是男是

女，是人还是物件。"

但是我听过，听过两次。

"我第一次见到奇美拉时，"我说，"以及奇美拉把铁项圈套在我身上，我驱逐她时，她都对我说了句'翠碧之血'。对，她就是这么说的，一边说一边狠狠瞪着我，好像跟我有什么关系似的。"

"我去热点儿汤。"爱莎姨妈说，好像她没听见我说话似的。

"热汤？"我愣了一下，爱莎姨妈怎么看起来对这个"翠碧"置若罔闻？

"珊妮娅得暖和起来。"她说，"我想你们其他人也饿了吧？"

小狸又发出了呼噜呼噜的咆哮，缓缓摆着尾巴，仿佛看到了什么潜在的猎物似的。或者……它真的是在对爱莎姨妈咆哮吗？

"小狸，"我警告它，"规矩点儿。"

它停止了咆哮，跳上带扶手的安乐椅，盯着汤普，直到把它盯跑了。小狸蜷缩在我的腿上，金黄色的眼睛瞪了我一下，一个怒气冲冲的声音冲进我的脑海——"我的。"

"安静，"我抚摸着它的后背说，"没人想把我从你身边带走。"但也许我说得太早了。

"克拉拉，"珊妮娅用一种奇异而热烈眼神看着我，"你得帮帮我，你是唯一一个能做到的人。"

"我？"

"是的，这就是为什么我派出了红隼。"

"但是……你为什么需要我的帮助？"

"为了夺回韦斯特马克。"

"但我做不到啊！"仅仅是想到接近奇美拉就已经让人不寒而栗……"你怎么会觉得我能做得到？"

"因为寒铁压制不住你，因为剥离了灵魂的动物不会伤害你，但最重要的是……因为奇美拉害怕你。"

"什么？！"珊妮娅大概糊涂了，我对自己说，她不知道她自己在说些什么，这可能是我听过的最离谱的话了。奇美拉会眼睛都不眨地把我当早餐吃掉，对她来说，最大的困难大概就是选择生吃还是烤着吃。珊妮娅竟然认为奇美拉会怕我？这想法简直太荒谬可笑了。

"你必须帮我！"珊妮娅嘶哑地说着，抓住我衣服的下摆，她只能够到这个，"没有其他人能做到，也没有其他人愿意做。"

我盯着她那抓着粗糙斜纹棉布的苍白手指。

"你不可能是认真的。"我低声说。

"克拉拉还有很多东西需要学习，"爱莎姨妈插话，"我觉得奇美拉对她而言太危险了。"

真希望爱莎姨妈再说一遍！

"我真的不行。"我说，尽量不去正视绝望的珊妮娅和因为某种原因正用灼热的目光盯着我的小狸，"我真的很抱歉，对你，对韦斯特马克……"

珊妮娅的手指缓缓地松开了，胳膊垂了下去，仿佛再也没有力气抬起。

　　"那就没有人能帮我了。"她低声说道，闭上了眼睛。

　　奥斯卡给了我一个奇怪的表情，我想那大概是责备吧。我觉得自己像一只胆小的小虱子。但是我又有什么别的选择呢？我完全对付不了奇美拉那样的人啊。

　　完全没可能的。

WILD WITCH

Chapter 6

第六章

牢记翠碧

虽然已经将近凌晨一点，水星街的公寓仍然亮着灯。

"你不打算跟我上楼吗？"我问爱莎姨妈，努力不让自己的声音显得太失落。只有她去向我妈妈解释这一切才能好办些。

爱莎姨妈侧身瞥了我一眼。"我想我最好还是去一趟，"她说，"但我不能待太久，珊妮娅需要我。"

图图从她的肩膀上无声地展开宽阔的翅膀，消失在路灯照不到的黑暗之中——水星街的老鼠们今晚最好小心点儿。

没有了图图的爱莎姨妈看起来正常了不少，尽管如此，我还是要庆幸绝大多数邻居都已经上床睡觉了。

楼梯间的灯在我的手指触及开关前的一瞬间亮了起来。我抬头一看，毫不意外地发现妈妈正站在公寓门口。一直以来，她仿佛总能知道回来的人是不是我。我不禁觉得她可能也有一种荒野感知——这有点儿像动物们总是对它们的幼崽有直觉一样。她什么也没说，只是转身回到公寓里，把门开着，让我们跟着进去。等到我们——包括奥斯卡和武弗——都进到里面，她大发雷霆，不过没冲着我来，而是把火气都撒到爱莎姨妈那儿去了。

"你以为你是谁？"她咬紧牙关说道。

"米拉……"爱莎姨妈做了个安抚人心的手势，但我妈妈的情绪显然没有被安抚住。

"别来这套，让我说下去。是什么让你觉得有权利走进我的生活、走进克拉拉的生活，把她当成是你的所有物？既不问我，也不给我打电话，还不……你就是不该这么做！"

"我给你发了条短信……"我站起来说。

妈妈愤怒地瞪了我一眼，让我知道她跟我还没完呢，待会儿算账，然后她又把注意力转回到爱莎姨妈身上。

"我不得不欺骗克拉拉的爸爸，还有奥斯卡的妈妈，是你逼我这么做的。"

"对不起……"

"但这还不是最糟的，最糟的是……"这时她又看了我一眼，那个与此前完全不同的表情正好撞进我的脑海里。那不是生气，而是绝望，然后她似乎失去了说话的能力。她没有再说什么，只是轻微地哽咽了一声。我知道她快要哭出来了。

"如果不是迫不得已，我是不会这么做的。"爱莎姨妈平静地说，"如果还有其他方法，我绝不会这么做。"

"爱莎姨妈帮助了我们。"我说，"妈妈，没事的，我们都安全地回来了。"

奥斯卡清了清嗓子，"嗯……我和武弗也许应该……"

我妈妈摇摇头，"不，你今晚就睡在这里吧，我跟你妈妈安排好了，她不知道你离开过。我不知道该如何向她解释克拉拉的姨妈是……"她又一次词穷了，这次我更明白为什么了。我也很难向奥斯卡那强硬的律师妈妈解释，我的姨妈是一位荒野女巫，可以跟动物交流，能通过荒野之路转瞬之间进行几百公里距离的旅行。

"那再好不过。"奥斯卡迅速回应。

妈妈又摇摇头。"没有什么再好不过，"她说，"你不用骗你妈妈来保护我们。我只是不知道如何让她相信……"

"她不会相信的，"奥斯卡说，"她真的不信那些超自然的东西，她甚至不能理解为什么有人会相信占星术。"

"我得走了，"爱莎姨妈说，"但米拉……孩子们没做错什么。相反，他们行事坚强，极富勇气和智慧。这很可怕吗？"

我的脸涨红了，我不觉得自己坚强、勇敢和聪明。尤其说到"勇敢"，我都不敢帮助珊妮娅。

妈妈看了看爱莎姨妈。"你教她如何生存就足够了。"她说，"你不能让她更危险，不能把她从我身边带走，不能把她变成什么完全不同于她自己的东西。"

爱莎姨妈摇摇头。"我没有把她变成任何东西。"她说，"我不能决定克拉拉是个怎样的人。米拉……你也不能。"

"你走吧。"妈妈用疲倦而低沉的声音说，"走吧，留下克拉拉一个人。"

我一直等着爱莎姨妈离开后，妈妈对我发火。但妈妈几乎什么都没说，只是搬来了些铺盖，让奥斯卡和武弗在我屋里打地铺，还问我们饿不饿。奥斯卡吃了一碗麦片，但我不想吃东西，虽然我的肚子饿得咕噜咕噜叫。我让妈妈伤心了，这让我食不下咽，我总是想让她快乐起来，但这一次我不知道该怎么办了。

第二天早上闹钟响了，我累极了。这是个老式闹钟，既不是数字的，也不是电动的，它有黑色的米老鼠耳朵、鼻子和眼睛。我从小就用这个闹钟，所以我通常不介意它响起来跟火灾警报似的。但是这天早上，我可是受够它了，特别是当武弗开始对着闹钟发狂。

我关上闹铃，转头面向武弗。

"武弗，安静！"

它带着受伤的表情趴下了。奥斯卡还在安安心心地睡觉。

我坐在床上，用大脚趾戳了他一下。"奥斯卡，"我说，"快起床！出太阳啦！"

他只是翻了个身，还睡得很熟。戳他都不醒，还有什么能唤醒他吗？反坦克导弹？

我慢慢地站起来，向窗口走去。我们睡着的时候已经下过雪了——下得不大，细雪纷飞，把我们原本沉闷的院子装点得像圣诞贺卡上的景象。棕色山毛榉树篱上的白霜看起来像是被撒上的糖粉。天刚亮，雪里唯一的足迹来自一只动物，但我分辨不出那到底是狗、猫还是狐狸。

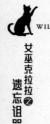

WILDWITCH

艾巫克拉拉之遗忘诅咒

然后我停止了打哈欠，一动不动地站着，目瞪口呆。

那只动物正在踩出什么字，虽然不像人在雪中写字那么精确，但毫无疑问是在写字。

牢言己羽卒王白石。

"奥斯卡！"

我抓住他，不停地摇晃，直到把他晃清醒。他试图推开我，嘴里抱怨着"哎呀呀，我困！"之类的话。

"起来，奥斯卡，看！"

我几乎是把他拖到了窗口。

"嘿！"他高声欢呼着，"下雪了！"

"是的，但看看那些字迹。"

"很酷，不是吗？你觉得它是一只狐狸吗？"

"你看看它在写什么！"

他眯起眼睛看着那些足迹，皱了皱眉头。

"写什么？它什么也没写。克拉拉，这只是一个动物。"

他看不出来。我不明白为什么他会看不出来，因为对我来说这是显而易见的，即使在冬天的昏暗早晨只能借着路灯的微光看。牢言己羽卒王白石——牢记翠碧。

"天啊，我快饿死了。"奥斯卡说。

"但是你看不出它在写什么？"我又问了一遍，"牢记翠碧！"

奥斯卡只是看着我，好像我疯了似的。

WILD WITCH

Chapter 7
第七章
校园霸凌

妈妈说在这种天气骑车太危险了，所以她开着小汽车送我们去上学。我们在木星街奥斯卡的家停了下来，让他放下武弗，换身衣服，然后拿上他需要的书。

"你妈妈说什么了？"当奥斯卡回到车里时，我妈妈问。

"没说什么，"奥斯卡说，"她要去上班了。她说如果到的比别人早，就能做更多的事情。"

"她经常这样吗？"我问，想着要是早餐时不再和妈妈在一起，我会多么不习惯啊。虽然我们不是总有很多话要和对方说，但我总能在早上得到妈妈一边唠唠叨叨一边给予的拥抱，她还会做咖啡、用迷你烤箱烤面包卷。

"不，主要是我在我爸爸那儿的时候她才会这样。"奥斯卡说。

妈妈不是今天早上唯一一个开车送孩子的人，学校门口很拥挤。

"我没有地方停车，"她说，"就送到这儿吧，你们下车。东西都带好了吗？"

"没问题。"奥斯卡说，他已经透过后车窗和朋友打招呼了。

妈妈停了车，我们跳下车。

"祝你们今天过得愉快！"妈妈喊了一声。我们一关上车门她就把车开走了，毕竟她身后的汽车已经在鸣喇叭了。我挥手告别，但我觉得她未必看得见。

"亚历克斯！"奥斯卡对他的同学大声喊道，"嘿，亚历克斯……"他在前面跑，我在后面跟，不情愿地迈着步子。学校操场上的雪已经被踩踏成薄薄的灰色雪泥，有人走过时就溅在行人身上。我第一节课是什么来着？我的大脑僵得像橡胶。

一些十几岁的男孩儿正在打雪仗，或者更确切地说，在打冰球仗。因为雪被轧得很硬时，就变成了灰色的冰块。我停下脚步，我可不希望被卷入冰球大战。

奥斯卡意识到我落后了，他戴着潮湿的羊毛手套拍了拍亚历克斯的肩膀。

"我马上就来。"

"你要去救你的女朋友了吗？"亚历克斯调侃道。

"她不是我的女朋友。"奥斯卡平静地说，他总被人拿这个取笑，"克拉拉，快一点儿。"

我动不了，我只能站在那里盯着那些大男孩儿，特别是其中那个十年级的马丁。倒不是因为他比其他十年级的孩子更强壮，他只是特别与众不同。

"克拉拉……"

这时奥斯卡已经找到我了，他转过身来，看看我在看什么。"哦，见鬼。"他喃喃地说。甚至连奥斯卡也有点儿害怕马丁。

铃声响起，但马丁和他的雪仗伙伴根本没把这刺耳的铃声放在心上，还在接着玩儿。他们不再互相瞄准，而是瞄准了那些要穿过 B 街区的大门的人。冰球在空中纵横翻飞，被击中的人疼得直叫。

"克拉拉，不过就是些雪球而已。"奥斯卡说，"你是个荒野女巫呢，你应该不会害怕这些微不足道的小雪球吧？"

但我就是怕啊。

"来吧，"他催促我，"我们走吧。就算我们被雪球砸中，我想也要不了我们的命。"

他拍了拍我的肩膀，比拍亚历克斯时轻，也没那么响。然后他快步向前走，我紧紧跟着他。我眯起眼睛，只盯着前面的地面，随时提防着会被一个湿硬的冰球击中。

击中倒是没有，但更糟糕的事情发生了。

就在我要跑上台阶穿过门的时候，我猛地撞上了什么东西——撞上了一个人，我顿时脚下失去重心，挥舞着手臂摔倒了。

身上摔疼倒不是问题。我的羽绒夹克消解了大部分的冲击，但是我的膝盖猛地撞上了台阶。我一坐起来，就看到护腿被磨破了。这还不是最糟的，最糟的是我撞到的人是马丁。

他慢慢地站了起来，他的溜冰裤上都是湿泥。

"怎么了，马丁？"他那胆子最大的朋友喊道，"你把自己弄湿了吧？"

那群人爆发出一阵大笑。我只能坐在台阶上，马丁上下打量着我，他的身影如此巨大，我都看不清楚他的脸。他离我如此之近，我眼前几乎只有他那超大的黑色极地夹克，还有两只正团着雪球的通红的大手。

"你这蠢货！"他对我咆哮，"看看你在往哪儿走。"

我通常总是对麻烦事敬而远之，很少受到欺负或戏弄，主要是因为我很擅长保持低调，毕竟不管谁想要欺负谁，都得首先注意到他们在哪里才行。

但现在马丁注意到了我。

他在我面前俯下身来，现在我可以看到他的脸，那张脸几乎和他的双手一样红，他的眼睛异常肿胀，简直像两道闪闪发光的红色裂缝。他从台阶上捧起一大把脏兮兮的雪，我几乎没有时间闭上眼睛，冰冷的碎石、混着泥浆的雪水一起砸在我的脸上。然后他跨过我走开了，似乎对他的追随者们无动于衷。而他们跟在后面，好像脚下无人一样从我身上践踏而过。几个人用湿手套打我的头，一个男孩儿踩在我的脚上。

"嘿，离她远点儿！"

这当然是奥斯卡，有人挨了他一耳光，但没人停下来。这就很清楚了：我是一个微不足道的小人物，没能及时摆脱困境也是罪有应得。"祝你们今天过得愉快！"——妈妈这么说，真是太对了。

"他们才是蠢货。"奥斯卡咬紧牙关说道，扶我重新站起来，"你没事吧？"

"没事。"我喃喃地说。我脸上湿湿的、脏兮兮的，好像被湿砂纸擦拭过似的，但除此之外没什么别的问题。

"你为什么不做点儿什么？"奥斯卡说，"让他们走开，就像赶走那些海鸥一样，或者施展些别的什么荒野女巫的力量。你就让他们……这么欺负你？"

"不是这么回事，"我说，"你说得好像我能用魔法把他们赶走，其实我不能这么做。"

"你姨妈永远不会让人这么欺负她。"他坚持说。

好吧，当然不会，我倒是很想看看爱莎姨妈会怎么对待他们……

"我不是爱莎姨妈。"

"你当然不是，但如果你不为自己努力的话，你永远也不会成功，克拉拉。"

我开始后悔告诉奥斯卡关于荒野女巫的事了。一天的糟糕生活才刚刚开始，现在我得穿着又湿又脏的衣服。奥斯卡让我觉得这都是自己的错，这比撞伤的膝盖和被泼了雪的脸给我带来的伤害更大。

"我做了什么？"我说，"你为什么要那样？你总是……"在我说出"照顾我"之前，我停了下来，因为那听起来太可怜了。但这就是事实，他总是保护我。自从我们还在沙坑里蹒跚学步时他就总是帮我，他忍受着别人兴高采烈地取笑说我们接吻，哪怕我们从未做过这样的事情。奥斯卡是我的朋友，但并没有成为我的男朋友，我觉得自己还没到谈恋爱的年龄呢。很久以前，我们七八岁时，暑假里温暖的下午，我们用奥斯卡的爷爷的小刀扎破了各自的胳膊，不仅故作坚强地说不疼，还装模作样地学着电影里的情节发了个血誓。现在想想，跟过家家似的，真好笑。

奥斯卡叹了口气。

"我只是不明白，"他说，"你明明可以做些真正很酷的事情。珊妮娅说那个奇美拉怕你，但是你仍然不帮她夺回韦斯特马克。现在你还放任那个脑子进水的马丁和他那些愚蠢的朋友欺负你。克拉拉，如果你不能保护自己，那另当别论，但事实上你可以的。"

"你说得对，"我说，"你确实不明白。如果这么简单的话，我为什么不去做呢？"

我抓起书包，好歹擦了擦雪水。我的眼睛刺痛得甚至看不见他。我不想和他吵架。一种可怕的感受在撕扯我的内心，我就像刚刚吞下了一整盒图钉那么难受。他一直都知道我是什么样的人，他曾经就喜欢那个样子的我。他为什么突然要我成为别人？

第七章 校园霸凌

WILD WITCH

Chapter 8

第八章

雪上加霜

WILDWITCH
艾巫克拉拉之
遗忘诅咒

　　我一整天都在为奥斯卡所说的话而烦恼，我仍然觉得那些话太不公平了。他到底凭什么认为我能对付马丁那个讨厌鬼？马丁已经上十年级了，个子比我高半头，还有一群愚蠢的朋友，他们个个都比我更高大更强壮。

　　我连马丁都对付不了，怎么会有人认为我能对付得了奇美拉？我觉得自己很对不起珊妮娅，我真的真的这么觉得，我实在是无能为力。

　　"牢记。"——数学课上这两个字悄悄地出现在我的脑海里，但不过是一点点耳语，不像小狸通常表达的那么响亮而明确，所以我也没有马上注意到它。

　　"牢记。"

　　我揉着酸痛的脸和双手，头脑感到一阵奇怪的沉重，让我昏昏欲睡。

　　"牢记。"

　　什么？我猛地坐了起来。

　　"谁让那只猫进来的？"

　　数学老师汉娜指着地板上我的背包，或者，更准确地说，指着一只像毛茸茸的盖子一样趴在包上的动物。

　　"小狸！"

　　它站起身来，弓起背，大爪子扒着我的腿。

050

"牢记。"

然后它消失了。

我是说，它就那么消失了。

上一刻它还在那里，一只黑色的、毛茸茸的、温暖的猫，有着闪闪发光的黄色眼睛。一转眼，就只剩下一个慢慢弥散开的猫那么大的雾团，像一个烟雾信号消失在空气中。

汉娜老师停下脚步，还用手指指着我的背包。我从来没有见过一个老师这么目瞪口呆。

"这……这……"她结结巴巴地说。

"猫？"我努力不那么慌张，"嗯……什么猫？"

她眨了几眨眼睛，然后慢慢放下手臂。

"没什么……"她有气无力地说，"我只是觉得……"

虽然她不是我最喜欢的老师，可我还是对她感到抱歉，但我什么也没说。我终于弄明白了小狸怎么能想来就来，即使是在封闭的空间里也来去自如——它在使用荒野之路，它似乎能够随时随地打开一个通道进入荒野之路，它甚至掌握得比爱莎姨妈还要娴熟，能更自如地出现和消失，可它是一只动物而不是荒野巫师。我忍不住抖了一抖，从三四岁起，我就想要一只宠物——最好是一只狗，但是妈妈总是说我们的公寓太小了。后来小狸进入了我们的生活，妈妈接纳了它，尽管小狸实在不算什么知心朋友。虽然现在我拥有了这只猫，或者更准确地说，是它拥有了我，但要是把它当成一只温馨的宠物，就太愚蠢了。

"牢言己羽卒王白石，牢记……"

也许今天一早不是狐狸在雪地里留下了那些印迹，而是小狸……但如果是它要我"牢记翠碧"，那它为什么不直说呢？为什么在雪地里留下神秘的痕迹？还有这些奇怪的、影影绰绰的耳语，好像它几乎发不出来这些音节……

"大家可以开始做第三十二页和第三十三页上的练习了，"汉娜老师说，"要是在课堂上做不完，你们就得回家完成了。"

"但我不明白三角形这里。"路易丝说。

"噢，用点儿功吧，路易丝，我已经讲了两遍了！"

其实她也没讲两遍，因为小狸的出现，她讲第二次时中途停了下来。

为什么翠碧这么重要？重要到让小狸出现在课堂上，打断了我上课，它以前可从来没有做过这样的事。而珊妮娅和爱莎姨妈大概都觉得这几个字不值一提，她们像完全忘了一样。

但是奇美拉却提了，跟我提了两次，跟珊妮娅提了一次。所以，它到底意味着什么？

同学们打开铅笔盒，翻开数学课本，课堂上微微响动了一阵。

"老师怎么那么大惊小怪的？我就是问问……"路易丝嘟嘟囔囔地说，声音大得大家都听得见。汉娜老师盯着空气，皱着眉头，好像她忘了什么重要的事似的。她没有再说一句关于猫的话。

尽管今天没骑自行车上学，我还是在停放自行车的小棚子等着奥斯卡。白色的雪花开始从灰色的天空飘落，我站着一动不动地等着他。他终于和亚历克斯一起出现了，我真希望他是一个人。我不想跟亚历克斯说什么，我需要和奥斯卡谈谈。那种扎心的感觉仍然困扰着我，我迫切希望我们能赶紧和好。

　　但此时发生的第一件事却是，亚历克斯冲我咧嘴一笑，伸出一只手指着我。

　　"奥斯卡说你觉得自己是个女巫。"他还不如踢我的肚子呢。我感到所有的空气都在我的肺中痛苦地灼烧着，我难以置信地盯着奥斯卡。

　　"不，"他抗议道，"我没那么说……"

　　他无助地舞动着双手，好像要擦掉这些字眼似的，亚历克斯却不理他。

　　"开个玩笑嘛。"亚历克斯说，脸上还满是笑容，显然他认为这是他多年来听到的最好的笑话，"来吧，克拉拉，给我们施展一点儿魔法。"

　　奥斯卡班上的三个女孩儿在走向校门的路上停了下来。

　　"我觉得她的魔法大概只能对奥斯卡起作用。"其中那个叫卡洛琳的高高瘦瘦的黑头发女孩儿窃笑道，然后三个人都咯咯地笑着，大声聊着。

　　"我表妹曾经认为她可以闭上眼睛让自己隐身。"另

第八章　雪上加霜

053

一个女孩儿说，"可是，那时候她才四岁。"

奥斯卡绝望地瞥了他们一眼。"我不是故意的，"他说，"这只是……我告诉过他……"然后他突然转向亚历克斯，用拳头狠狠捶了他的胸膛，"我告诉过你不要告诉任何人……"

"哎哟！"亚历克斯把奥斯卡推开了，"别跟我动手啊！"

我没看接下来发生了什么。我听到重击羽绒服和靴子刮擦的声音，我觉得他们大概是扭打起来了。但我没有回头，也没有停下来，甚至当奥斯卡喊我的时候也没有。

"克拉拉，等等！拜托了，听我解释……"

我感觉自己的腿像木头一样僵直，胃和喉咙中仿佛被图钉扎了一样。我不想听他解释，为什么他要让那么多人知道"克拉拉认为她自己是个女巫"。

WILD WITCH

Chapter 9
第九章
噩梦

　　"你爸爸打电话来了。"我进门时听到妈妈说，"我觉得他大概有点儿不高兴，你昨晚走了就没回去。"

　　"对不起。"我说。

　　"你说什么？"

　　"对不起！"我大声说，事实上，可能有点儿太大声了，"对不起，对不起，对不起，对不起……"

　　"我的小妞儿，你怎么了？"妈妈出现在书房门口，"何必这样呢。"

　　但现在我受不了自己再让更多的人失望了。珊妮娅很失望，妈妈很生气，爸爸很沮丧，我和奥斯卡闹翻了，而这一切看起来都是我的错。因为他们都想让我成为另外一个人，一个比我自己或强大或平凡的人。珊妮娅和奥斯卡希望我变得更强大更像爱莎姨妈，而爸爸妈妈则希望我只是他们的小宝贝。

　　我不可能同时做两个截然不同的人，不可能同时满足他们所有人的期望。

　　妈妈仍然站在门口，等着我回话。

　　"我觉得不舒服。"我说，这倒也不假，"我想我可能发烧了……"

　　哦，不，这话显然是说错了，她眼中的恐惧几乎瞬间肉眼可见。就在不到六个月前，我被猫抓伤后发烧，病得非常厉害。妈妈开车载我去找爱莎姨妈，尽管十二年来她一直竭力回避她的姐姐。

"我看看，"她摸了摸我的额头，"倒是不发烧。"她如释重负地说，"身上哪儿疼吗？"

心里疼——但我没说出口。

"我只是感觉不太舒服，"我又说了一遍，"我想去睡觉。"

这才下午三点，但她只是点了点头。

"那好吧，你昨晚睡得不多，"她说，"也许就是缺觉。"

我没换衣服就爬上床，把被子拉到耳边。微弱的阳光从窗户洒下，照着我的东西——泰迪熊、书、电脑、米老鼠闹钟，还在桌上投射出万向灯的黑色轮廓。

我闭上眼睛，马上就开始做梦了。我先是做了个奇怪的梦，梦到妈妈、爸爸、珊妮娅和奥斯卡都拿着不同尺寸的饼干切坯机，在争论到底应该做多大的姜饼人饼干。然后，又做了一个更现实但也更可怕的梦。我梦见奥斯卡带着武弗在木星街对面的公园散步。他被海鸥划伤的脸那么忧郁，那么悲伤。那张自我记事起就被妈妈称为"世界上最快乐"的脸突然浮现出最难过的表情。武弗开始愤怒地狂吠："汪！汪！汪！"奥斯卡向四周看了看，没有发现任何异常。雪，开始密密地飘落，他拉上了运动衫的

第九章 噩梦

兜帽，喝令武弗安静下来。武弗毫无征兆地忽然变得很警觉，先是一动不动，然后像是下定决心似的，向前走去，奥斯卡努力跟着它。我看到奥斯卡对它说了些什么，但听不到声音，一切都那么安静，好像按了静音键似的。奥斯卡试图让武弗停下来，他紧紧拽着皮带，但武弗只是轻轻一挣，皮带就溜出了奥斯卡的手。

"武弗……武弗……"一个微弱得若有若无的声音隐隐传来。

武弗加速飞奔，它的动作有些僵硬，很不自然，和平时那快乐而笨拙的样子截然不同。雪在它身边渐渐凝结成浅灰色的雾，突然间它飞奔着从我的视线中消失了。

奥斯卡停下脚步。他凝视着吞没了武弗的那团雪雾，向前迈了几步，然后又迟疑了一下。

"站住！不要进去！"我竭尽全力喊着。但是，很显然，我不在那里，这只是个梦，我只是在做梦而已。

"汪……汪……"

雾中传来微弱的犬吠声。奥斯卡下定决心，向前冲去，刚迈出几步，就被荒野之路的迷雾包围。而我，无能为力。

"武弗！"奥斯卡喊道，之后便消失得无影无踪。

当我从不知是睡眠还是昏迷中醒来的时候，房间里几乎完全黑了。米老鼠时钟上的夜光指针告诉我，已经六点多了。

我听到妈妈正在打电话，也许就是这电话声才把我吵醒了。

　　"不，她在家，"妈妈说，"从放学回来后就一直在。我觉得她可能有点儿不舒服。"她听着对方说话停顿了一下。"我会问的，"她接着说，"我会给你回电话的。"

　　不一会儿，妈妈轻轻敲了敲我的屋门，走了进来。

　　"你好点儿了吗？"她问，"奥斯卡的妈妈问，你知不知道奥斯卡去哪儿了？"

WILD WITCH

Chapter 10

第十章

失　踪

"我工作太忙了，"奥斯卡妈妈的说话声软弱无力，听起来和平时很不一样，"我总让奥斯卡独自回家。我真应该陪他一起的。你们知道他可能在哪儿吗？"

她坐在厨房里，一只手紧紧地抓着手机。她穿着漂亮的职业装，深色夹克衫和裙子，配着紧身衣和高跟鞋。她的金发从脸侧垂下来，用银发夹从后面夹住。

"他可能是去哪个朋友家玩儿了，你说呢？"妈妈猜测道。

"但是……狗呢？"

奥斯卡和平时放学回家后一样，带着武弗出去散步，还在木星公园门口跟珀西瓦尔太太和她的贵宾犬打了个招呼，之后就再也没有人见过他。

此时，我的胃里像灌了铅一样沉重——那个梦根本就不是梦。我一刻都不会以为奥斯卡是跟哪个朋友在一起，我确信他跟着武弗进到了荒野迷雾之中。我给爱莎姨妈打了六次电话，可一次都没有打通。

"妈妈……"

"怎么了，小宝贝？"

"我可以去公园找他吗？"

"不行，亲爱的，现在不行。天太黑了。"

奥斯卡的妈妈发出一声微弱的窒息般的抽泣。"都怪我，我工作太忙了。"她又说了一遍，就好像这能解释一切似的。我妈妈安抚着她，轻声说了些安慰的话。

她们报了警，我听到奥斯卡的妈妈向警察解释情况，描述了奥斯卡的模样。当警察问他穿的什么衣服时，她不得不问我，因为早上奥斯卡换衣服的时候她没在家。这让她又开始检讨自己工作太忙，好像这是她的错一样。

一位值班警察出了一份报告，表示警局会发布人员失踪通报，但我不认为警察能帮上多少忙。

我走进房间，放了些音乐，不是因为我想听，而是因为我需要一些声音。得留张便条，我想。我在数学练习本上撕下一张纸，写下一行大字："我去找奥斯卡了，我想我知道他在哪儿。别担心。克拉拉。"我把便条放在床上，等妈妈找不见我时，她肯定能见到我留的信息。

现在，我并没有觉得自己比原来更勇敢。但奥斯卡以前从未失踪过。我很清楚，警察哪怕找到地老天荒也不可能找到他，除非那些警察里碰巧有个荒野巫师……

我蹑手蹑脚地走出走廊，带上我的夹克和雨鞋，尽可能轻柔地转动门闩，悄悄打开门，再轻轻关上，一步一步小心翼翼地走下楼梯。我敢肯定没人听见我离开。

我坐在最下面的台阶上，穿上夹克，把雨鞋蹬好。外面很冷，泥泞的路上已经开始结冰了。路面被一层光滑的黑色冰层覆盖着，呼出的气在我面前凝成薄雾。我顺着街区向前走，穿过木星公园一侧的土星街。街上除了守夜

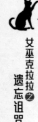

人和除雪机之外，几乎没有什么车辆和行人。

我推开公园的大门。

"奥斯卡？"我试着喊道。但意料之中，没有任何回应。

寒霜中的砾石小径和草地闪烁着荧光，树枝在街灯的微光中闪闪发亮。我脚下的草叶被踩得嘎吱作响，草地上留下了一道黑色脚印。

"奥斯卡！"

我很清楚仅仅呼唤他的名字不会奏效，我需要的是与此截然不同的寻找方式。

我在公园中间停下脚步，尽可能远离道路和周围的房子。我闭上眼睛，一直等到远处车辆的嗡嗡声和除雪机的呼啸声逐渐消失。

"小狸……"我低声召唤道，"你得帮帮我。"

它几乎马上就出现了。一瞬间，我就感觉到它温暖的头抵在我的腿上，一句无声的问话浮现在我的脑海里——它想知道我为什么召唤它。

"我找不到荒野之路，"我平静地回答，"但是你可以……"

时间只过了不到十分钟，但是这是如此可怕、寒冷又令人惶恐不安的十分钟。我的眼睛睁得生疼，生怕自己一眨眼就失去小狸的踪迹。

它站在我面前，尾巴翘起，绒毛竖立。我跟着它进入了荒野迷雾。我试着叫喊，但只能发出可怜的呜咽声。

"奥斯卡……"

小狸转过头，发出咝咝的声音。它要我安静，今晚进入荒野之路的可不止我俩。

仅仅花了比我每天早上骑自行车上学更短的时间，我们就到了爱莎姨妈家。雾中出现了结了霜的树木和草坪。我听到猫头鹰的叫声，不知道是不是图图在捕食。看着眼前的小溪、草地、树林和农舍，还有从烟囱里冒出的缕缕炊烟，我不禁松了一口气。我成功了，我做到了，或者更确切地说，是小狸做到了。严格说来，我所做的只不过是跟在它后面。

星辰在马厩里睡眼蒙眬。我径直穿过庭院来到房子前，看见客厅里的灯仍然亮着。虽然已经很晚了，但看来爱莎姨妈并没有睡。

房子的门半掩着。有时候，你想关这扇门反倒关不上，得用巧劲儿往上推一下再拉上才行，我花了几天时间才学会。

我打开门轻轻地喊了一声："爱莎姨妈……"

就在这时，我突然意识到有什么事情不对。汤普在哪里？它为什么不蹦蹦跳跳地撒着欢儿扑上来舔我的脸？为什么门没关好？毕竟，爱莎姨妈当然知道怎么用巧劲儿关上门。

我走进客厅，见到了可能出现的最糟糕的状况：石蜡灯孤零零地立在沙发旁边的桌子上，发出微弱的光芒。

火炉里木柴的余烬还泛着淡淡的红光。地板中间扔着珊妮娅在沙发上休息时盖着的杂色毯子。当我走近时，不小心踢到了一个掉在地上的茶杯。小狸咝咝地叫着，浑身毛发参起，使它的块头看起来几乎是平常的两倍大。

然后我发现了那只雪貂。它静静地倚在墙上，半闭着眼睛，露出牙齿。我不需要碰它就知道，它已经死了。

WILD WITCH

Chapter 11

第十一章

空房子

我盯着珊妮娅的死去的雪貂。小狸走上前来，嗅了嗅它那僵硬的身体，然后发出一声低沉的呻吟。我从未听小狸发出过这样简单的猫叫声。

"发生什么事了？"我低声问，但它没有回答。

房子里异常安静，一片死寂，除了火炉中燃烧的木柴噼啪作响，没有任何其他声音，没有脚步声，甚至连木门的嘎吱声也没有。

"爱莎姨妈！"我大声喊道，声音大得把自己吓了一大跳。但在内心深处，我知道没有人会回答。

"这有点儿不公平。"我在心中微微抱怨。因为奥斯卡处境危险，我想只有爱莎姨妈能帮助我。我终于做了一件危险而勇敢的事——独自一人在小狸的带领下沿着荒野之路来到爱莎姨妈家，可她根本不在这里。

我知道我太孩子气了。奥斯卡不见了，农舍里发生了可怕的事，爱莎姨妈不见了，珊妮娅也不见了，可怜的小雪貂死了……所有的事情都非常严酷。我非常确信我必须找到爱莎姨妈——虽然这已经是强我所难了，然后她会把其余一切都处理好。

哦，不，如果她根本不是失踪了怎么办？如果她躺在某处，就像这只雪貂一样死去了……

我没有想到还会有更恐怖的事情发生。但很显然，我错了。

我举着石蜡灯，一处处找起：厨房、装着咝咝作响的热水器的小浴室、通向阁楼的嘎吱嘎吱响的楼梯，以及我住过的带有圆形窗户的小房间。没有人，没有死去或者昏迷的爱莎姨妈——幸运的是，也没有任何神秘的怪物或邪恶的敌人埋伏着等我。房子被废弃了。

我到底该怎么办？等待？开始搜索？我不知道应该从哪里开始。

外面漆黑一片。

我在厨房里找了一条茶巾，小心地包裹了雪貂僵硬的小身体，然后把它放在一个纸盒里，这是爱莎姨妈为受伤或生病的小动物准备的。我想，如果珊妮娅回来了，她可能想要埋葬它。我觉得应该在盒子上写些什么——名字、出生日期之类的，大概就跟墓志铭差不多。但我不记得这只雪貂的名字，也不知道它的性别。

我打开炉门，把更多的木头扔到火上，捡起翻倒的茶杯，把杂色毯子整齐地叠好放在沙发的一角。做着烧火、打扫这些日常的事情，似乎让我平静了一些，我决定再泡一杯茶，这也许更有利于调节我的情绪。

我试着泡了杯茶，但最终我只能坐在扶手椅上盯着杯子，看着杯中的热气散尽，茶水慢慢变凉。

"小狸，"我抚摸着它粗黑的背毛，喃喃道，"我该怎么办？"

第十一章 空房子

它绷紧了身体，僵硬地贴紧我的膝盖，我能感觉到它的爪子紧贴着我的大腿。

"牢……记……"它发出筋疲力尽的呲呲声，"牢记。"

"翠碧？"我说。

它似乎放松了一些，弓起背，让我可以搔到它的肚子。

"对，牢记。"

"但我不知道这到底是什么意思。"我说。

它用爪子打我，没有使劲挠，但结结实实地拍了我一下，就像猫妈妈驯服小猫一样，我觉得它肯定认为我笨到家了。然后它突然抬起爪子抓了一下我的拇指——只是一个小小的划痕，但也足以让我的手上冒出血丝了。

"小狸！"我试着推它，但它不肯松开。我把手举到嘴边吸了吸。当腥咸的铁锈味儿在我的舌头上蔓延时，小狸的声音又在我脑海中回响："牢记。"

"血，"我自言自语道，"翠碧之血。"

"到底想起来了。"它呼噜呼噜地说。

"但是为什么呢？"我坚持问道，"我还是不知道这到底意味着什么。你为什么不能告诉我？"

我有一种明显的感觉——如果它是人，它大概会被我气得去撞墙。

我就这样干坐着，等了好几个小时，直到窗外的天色从黑转为灰，天已然破晓。但是爱莎姨妈和珊妮娅都没有回来，此时我头脑中一大堆乱七八糟的想法，哪个看起来都凶多吉少。

等天色亮到足以看清外面的道路了，我就爬到马厩后面的山顶上给妈妈打电话。虽然我给她留了字条，她也肯定担心死了。

手机一连上信号，马上就有两条短信弹了出来。

一条是我妈妈发的：你在哪儿啊？给我打电话！

第二条是爱莎姨妈发的：韦斯特马克。只有这个单词，别的什么都没有，没有什么比如"快来""救命"或者"小心奇美拉"之类的话。只有这么一个词，由我来决定到底该怎么办。

我想起了珊妮娅展示给我的照片。那长长的海岸线和悬崖，丝绒般的大海，仿佛矗立在世界尽头的房子，在风中盘旋的海鸥。我内心产生了一种奇怪的直觉——他们现在一定就在那里！奥斯卡、珊妮娅、爱莎姨妈和汤普。如果想找到他们，我就必须到那里去。

但是，奇美拉也会在那里。

WILD WITCH

Chapter 12
第十二章
野　狗

　　海浪的声音打破了荒野之路的寒冷寂静，浪花默默地拍打着岸边，还有一只孤零零的海鸥"呜——呜！呜！呜！"地叫着。当双脚终于踏上韦斯特马克地界的时候，我听到脚下的冰壳破裂发出嘎吱嘎吱的声响。右侧黑暗的峭壁映入我的眼帘，山脚下一片高高的黄色芦苇丛寒气袭人。而在我的左边，岸边的浪花在薄薄的冰面下悄然低语。

　　我到了。我在珊妮娅的照片中见过这个地方，尽管现在我还看不到房子在哪里，但它一定就隐藏在面前的某个地方，就在岸边的某一处静静矗立着。

　　小狸已经带领我穿越了迷雾，它一直在我前面几步远的地方。我现在看不到它，但我能感觉到它就在附近。

　　我到底还是来了。我，真的来了。尽管我以为自己永远不敢，但此时此刻我正沿着韦斯特马克的海岸线走着。尽管我的内心仍然带着惧怕，但无论如何，我还是这么做了。我不相信我能一下子直面奇美拉，我并没有感觉自己比以前更强大或者更勇敢。但是，我根本没法儿想象自己若无其事地返回水星街，假装什么都不知道，眼睁睁地看着警察和奥斯卡的妈妈一直在徒劳地寻找奥斯卡，因为他们根本就没找对地方——那样比让我在这里还要糟糕，毕竟这儿除了小狸之外谁也没有。当然，奇美拉随时都可能出现。

我没有任何明智周全的计划。当然，我可以尝试尽可能隐蔽地靠近那座房子，争取不被发现。但如果那些被剥夺了灵魂的动物只花了不到一小时就抓住了珊妮娅，那它们抓住我肯定也用不了多长时间，毕竟珊妮娅生于此地长于此地。此外，她尽管还年轻，却是一位训练有素的荒野女巫。唯一一点令我安慰的是，珊妮娅说过，不知出于什么原因，灵魂剥离的动物不会伤害我。但愿她是对的。

冰冷的海岸突然摆脱灌木和树林的遮掩，展现出它本来的样子——天空和海洋，冰层和沙滩。唯一能够藏身的地方就是那些黄色的芦苇丛。但是我到不了那儿，冰层太薄支撑不了我的体重，我也不知道现在走的路到底对不对。

所以虽然不知道有没有用，我还是沿着岸边尽量往芦苇丛那边挪。不管我干什么，那些海鸥都可能会发现我。还有那些野狗，珊妮娅说它们干了些什么来着？

一阵嘈杂的犬吠声打断了我的思绪，这声音大概是从我身后芦苇丛另一边的什么地方传来的。我本能地保持安静，但是除了试着把它们轰走，我还能做什么呢？跑？狗可比我跑得快多了，速度起码是我的两倍。

"走开，"我在心里低声默念，"走开，走开，走开。"

芦苇沙沙作响。我本来没打算跑，可等我反应过来，发现自己已经在飞奔了。脚上的雨鞋十分笨重，我跑得跟

第十二章　野狗

跟跄跄。冰面更是十分脆弱，似乎随时能被我踩裂。我一路磕磕绊绊，跌跌撞撞。

"汪汪！汪汪！"狂怒的犬吠声越来越大，而且不仅仅从我身后传来，还从右侧的芦苇丛中传来。"它们包围了我，我无法摆脱它们。"这是珊妮娅说的，现在轮到我了。我一个箭步蹿上了沙滩，这儿起码跑起来容易点儿。也许它们看我看得更清楚了，但这样我也能看到它们。

寒冷的空气刺痛了我的肺。我在体育课上的表现可能不是最差的，但肯定也不是最好的，学校每年的健身长跑对我而言总是一种折磨。如果我能活下来，我发誓，我一定要开始坚持跑步和健康的饮食，我发誓！我的雨鞋在腿上晃来晃去，腿越来越沉，越来越冷，越来越迈不开步。

"汪汪！汪汪！汪汪！汪汪！"

这一次，狂吠声从我面前的芦苇丛中传来。五只狐狸似的生物从芦苇丛中蹿出来，跑到岸边。

我停了下来，大口喘着粗气，汗流浃背，夹克衫下的T恤都粘在了背上。这些动物不是很大，事实上比狐狸还小，是黄褐色的，身体两侧有黑斑，尖尖的三角形黑边耳朵，眼睛周围像是戴着黑色面具，那模样简直有点儿可爱。在注意到它们眼中的红光之前，有那么一会儿，我感到非常害怕，试图吓退它们。它们的眼睛不像海鸥那样，不是血红的，而在黑暗中闪烁着炽热的光芒。

前面五只野狗只是先锋。在我身后，从芦苇丛到我右边，至少有二十只野狗正涌向岸边，它们的头低垂着，腿僵硬得奇怪，正一步一步慢慢地走近。此时它们再也不必着急了，我已然无路可逃。它们像包围珊妮娅一样地包围了我。

"小狸！"我低声说，"小狸，你在吗？快帮帮我！"

"牢记。"

仅此而已。这就是我得到的所有帮助。

野狗互相靠近，直到它们形成一个完整的包围圈，将我围在中间。然后我听到一声尖锐的"汪！"，这是其中一只灰白脸、垂着受伤耳朵的老母狗发出的。它们一起猛扑上来。

那只垂着耳朵的野狗像一颗毛茸茸的炮弹击中了我的胸膛，其他野狗则龇牙咧嘴地围着我的小腿和手臂。我冲着这些站在我脚边的畜生大声喊叫，但是它们撕拽着我的袖子、鞋子。我被连拖带拽地踉跄了几秒钟后，三四只狗扑到了我的背上，我瘫倒在这些张牙舞爪、口水淋漓的黄褐色野兽面前。

"走开！"我满嘴沙子，简直喘不过气来，忍不住扭动着咳嗽吐痰，我尽可能大声地尖叫着"走开"，用尽我的荒野女巫之力，扯着脖子喊着。但它们就是不肯听从。

它们会弄死我的，我惊慌失措地想着。用不了多久，这里就只能剩下被啃掉皮肉的骨头和一片血迹斑斑的冰冷的沙子了。

可是随后我察觉到，它们沉默了，不再吼叫了。它们只咬了我的衣服，并没有想吃我。它们只是想让我静静地躺着，这样它们就能看住我。这些野狗一半趴在我背后，一半守在我身侧，而我身前还有那只垂耳狗。这家伙蹲在我腿上撒尿，然后脑袋突然向前猛冲，下巴紧贴着我的脖子和下巴，刚好让我感觉到它的尖牙是多么锋利——我被吓坏了。

我不再喊了。相反，我静静地躺着，热气腾腾的狗尿撒在我不太防水的外套和裤腿里，我觉得我的腿都湿透了。我闭上了眼睛。那只老母狗抓住我的下巴和喉咙，似乎过了一辈子那么久，但也许只是几秒钟或几分钟，我不知道。

"小狸，"我想着，"你应该保护我，不是吗？你怎么能让它们这么做？"

最糟糕的不是我躺在冰冷的沙滩上，腿上有狗尿，喉咙前还有龇着尖牙的血盆大口，这只是个开始。我开始意识到它们为什么不撕咬我，而只是在约束我。珊妮娅说过，"它们包围了我，我无法摆脱它们。"它们也没有杀死珊妮娅，只是把她牢牢困在原地来等待奇美拉，就像它们现在对我所做的这样。

WILD WITCH

Chapter 13
第十三章
垂　耳

  我还有多长时间？奇美拉还要多久到来？我曾经见她飞过一次，尽管其他巫师声称她没有那么大的翅膀能支撑住她的重量。我凝视着铅灰色的天空，没看到海鸥的踪影。

  "小狸，"我低声喃喃道，"小狸，帮帮我。"

  我甚至没有注意到自己一直在哭，现在我能感觉到沙子粘在我被泪水和野狗口水打湿的脸颊上，但是我看不见小狸也听不到它的声音。也许即使对它来说二十五只野狗也太多了，也许这就是它把我一个人丢在这里的原因。

  这些野狗都很安静。那只垂耳的家伙本可以暂时松开我，却仍然躺在我身上，重重地压着我的胸口。十来只狗的爪子抓着我的袖子和裤腿，所以我要想动一动胳膊就意味着要拖动四五十公斤的重量。我没有办法做到这一点，连腿都动不了，更别提胳膊了。这些动物没有发出任何声音，全都一动不动地等待着，没有任何一只做出晃晃身子、搔搔耳朵或者抽抽鼻子之类的普通的狗会做的事情。爱莎姨妈称之为"一项令人发指的罪行"，直到现在我才真正明白她的意思。这和正常人训练一只狗或者一匹马之类的动物是不一样的——奇美拉对这些狗的所作所为是完全不同的，她把它们的灵魂带走了，剥夺了它们的本能，使它们丧失了本性，把这些可怜的动物变成了被遥控的"机器人"。爱莎姨妈是对的，这的确令人发指。

奇美拉的出场真是未见其人先闻其声。天空中传来仿佛上千只鸟一起飞行的声音，但那并不是上千只鸟而只是一只羽翼巨大的类人鸟——奇美拉！她的翼展足以挡住太阳。

我又开始挣扎了，尽管我知道这没什么用，但我就是忍不住。当然，这种挣扎只是让那只垂耳的大狗再次把嘴伸向了我的脖子。

"小狸！小狸！"

"牢记。"——这是小狸给我的唯一的回应，我不知道该怎么办。我做了最后一次绝望的尝试，剧烈地扭动着自己的整个身体，以至被那只垂耳狗的牙齿划破了皮肤。

我产生了一种奇怪的感觉，好像伤口流出的血液仍然是我身体的一部分，尽管这些血液已经离开了我的身体。

我不是说我突然明白了一切，远非如此。但是我内心深处的东西，一种本能，一种梦想，一种直觉告诉我，我其实知道一些我只是暂时失去记忆的东西。

"翠碧，"我说，"翠碧之血。"

垂耳狗意外舐到了我的血，它听到我的嘟囔，立即就放开了我。我在它的眼睛里看到，或者说我感觉到，仿佛它会成为我的一部分。它眼中流淌着的红色光芒消失了，它又变回了一只正常的狗，它自由了。

它的咆哮和吠叫像一颗炸弹扔到了其他狗的脸上，突然间，可怕的寂静被打得粉碎，那群野狗不再是一堆"机器人"的集合，而开始了以我为中心的一场声势浩大的狗类斗殴。我蜷缩起来，试图从下面爬出来，尽我所能保护自己的脸和头。

突然间，战斗结束了。随着一声大叫，大部分野狗消失在芦苇中，只有三只受伤最严重的留在后面。一只只能用三条腿走路的狗试着跟上大部队——它的左前腿似乎断了。

最后剩下的一只就是那只垂耳狗。它躺着喘气，嘴巴半张着。它身上的伤口太多了，很难说哪一处是最严重的。实际上，它黄褐色的皮毛上到处都沾染了鲜血。

如果我能救它，我早就救了。

几分钟前，它还死死卡着我的脖子，随时可以把我给解决掉。但它并没有那么做。而且，奇怪的是，它在尝到我的血的那一刻，就立刻清醒过来。它用尽全力攻击了那群灵魂被剥离的野狗，一直战斗到不能再战斗为止，它已经胜利了。

它已经挣脱了束缚。

它的眼睛逐渐暗淡下去，它快要死了，我能感觉到。但我也知道它很感激我——它宁愿死也不愿作为一只灵魂被剥离的怪物活着。它的灵魂是自由的。

我用手捂着它脖子上的伤口，但我知道这无济于事。我无法止住那么多伤口出血。它的身体渐渐地停止了颤抖，终于静止不动。它死了。

我在它身边跪了几秒钟。然后我抬头仰望天空，笨拙地站起身来。至少当奇美拉到来时，我会站起来。

但是她没有来。

我疯狂地旋转着，扫视着天空，但天空空空如也，没有任何巨大的类人鸟的踪影。

奇美拉已经转身离去了。

狂怒像野火一样涌上我的心头。我当然为她对我的所作所为而感到愤怒，但更让我愤怒的是她对垂耳狗那些动物所做的一切。有那么一瞬间，我忘记了自己比她弱小，忘记了对她的恐惧。

"来吧！"我对着天空大喊大叫，"来啊，我们交手吧！"可是四下没有回应，也没有人出现。

我怦怦直跳的心渐渐地平静下来，呼吸也开始放缓了。我开始感觉到浑身发冷，但什么也没发生。她不来了。

最后，我在冰冻的沙子上挖了一个坑，来埋葬垂耳狗和它的同伴们。垂耳狗可能对这种愚蠢的仪式并不在意，但我毕竟是一个人，而不是一只野狗，我不能把它抛弃在这里任由海鸥和乌鸦啄食，即使那才是大自然为野生动物送葬的方式。垂耳狗毕竟救了我的命。

当我在挖坑的时候，小狸沿着海岸漫步而来，就像什么也没发生过。我停下手，怒视着它。

"你为什么不帮帮我？"我质问道，我需要答案。

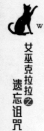

"可我明明帮了。"

它弓起背打了个哈欠，身上有一种令人难以置信的自鸣得意，这使我更加愤怒。

"走开，"我说，"如果这是你所谓的'帮助'，我根本就不需要。"

它坐在沙滩上，懒洋洋地舔着一只爪子，响亮而清晰地表达它的意思——它不是宠物猫，不能召之即来挥之即去。

WILD WITCH

Chapter 14
第十四章
韦斯特马克

这栋房子比照片上看起来大一些，有四层楼高，四周伸出山墙和竖式天窗，有六个烟囱，还有做成某种猛禽样子的风向标。从远处看，房子是黑色的。但现在我已经到了房子跟前，就可以看出，它实际上被漆成了一种非常深的、泥潭般的绿色。或者，至少上面木质的部分是那样，而下半部分以及围绕花园的长墙则是用深灰色的石头建造的。还有那些被风吹倒的松树、荆棘、石楠和狗尾草，它们看起来与花园墙外生长的植物并没有什么不同。

我脚下的路通向一扇生锈的铁门。篱笆间的荆棘长得里出外进的，很明显，大门很久没有打开过了。我觉得，肯定有一个更频繁使用的入口。或者也可能不需要入口？毕竟，如果奇美拉愿意，她可以更简单地进出。

我在离大门不远的地方停了下来。这地方有松树的掩护，可以抵御风的侵扰和敌人的窥探——也就是说，如果有人窥探的话，这些树就能起到影壁的作用。天空依然像白纸一样空旷，没有海鸥，无论是那些没有灵魂的血鸥，还是普通的海鸥，也没有奇美拉的踪迹。

我搞不懂。我听到了她的声音，看见了她，她为什么又走了？当然，如果那些野狗一直把我困住，一切对她来说就容易多了。但是即使没有它们，她抓住我也不算是什么太大的挑战。去年秋天她抓住我的时候，只花了大约十五秒钟就把我摔倒在地，还在我的脖子上套上铁圈。我后来能从她身边逃出来，靠的更多的是运气而不是技巧。

但这次她转身回去了，再也没有出现过。如果不是这种想法太过于荒谬，我一定会认为珊妮娅是对的——她说奇美拉害怕我。这让我觉得有点儿困惑，好像我真的有机会……

风在草地间吹着口哨，把松树的枝条吹弯，带来树脂的味道。我告诉自己，我总不能永远站在这里。我只有两种选择：回去，或者继续前进。

我把门一点点推开的时候，门上的铰链吱吱作响——大门被荆棘缠着以至于无法完全打开，但是缝隙已经足够大，我可以侧身钻过去。两侧的墙又高又厚，我就像走进了一座中世纪的城堡。

我想知道，谁会建造这么一道差不多两米高、三米厚的花园墙。我伸手去触摸那些破碎的黑色石头。就在此刻，我意识到这根本不是一道花园墙，而是另一座建筑的遗迹。它比前面等待我的那座老房子更大，也更古老。也就是说，韦斯特马克是在一片废墟上建造的，废墟的历史甚至比这些松树更古老。这些石头已经被风雨、烟雾和寒冷的天气侵蚀了很久了。

"叽叽叽叽……"冗长而尖锐的叫声使我抬起头来——不是奇美拉来了，而是风向标发出的声音。我的心差点儿而从嗓子里跳出来，有那么一瞬间，我以为是铁雕的风向标活了起来。后来我才发现，它真的是一只活鸟，它静静地坐在转盘上，在满是积雪的灰色背景下呈现出黑色的轮廓。

是一只红隼。我敢肯定，它和出现在爸爸公寓里的那只红隼是同一只。"叽叽叽叽……"它低低地掠过我的头，但没有落下，既没有落在我本能地举起的手腕上，也没有落在松树枝上。我不知道它想要什么。但这不是袭击，它离我很近，我看到它那双黄眼睛里并没有被剥夺灵魂后血红色的光芒。

"它是在欢迎我吗？"我喃喃自语，"或者是在给我指路？"

它没有回答，只是在草地上掠出一道大弧线，然后转向，借助风力上升。有一阵子，它在我头顶上的急流中几乎静止不动，然后拍打了几下翅膀，回到风向标上它刚才站立的位置。

醋栗灌木丛和受损的小苹果树生长在小径的两边，这儿肯定曾经是果园和菜地，显然已经很久没有人来维护了。实在是很难想象，奇美拉跪在地上挖土，种卷心菜和欧芹之类的东西。她还能跪得下吗？如果她想这么做，她的翅膀怎么办呢？

我又四下看了看，但仍然没有奇美拉的踪影。我本来应该觉得放心，却实在放心不下。万一她隐藏在我意想不到的地方等着我，这会更糟。

房子的山墙处有一扇门，门是锁着的，但门框上的钉子上挂着一把大大的老式铁钥匙。那么，锁上门有什么意义呢？除非不是为了防止小偷或其他入侵者进入，而是为了把某人或某物囚禁在里面。这可真不是个令人欣慰的想法。

我走进一条昏暗的通道，沿着墙的一排钉子上挂着夹克和雨衣，还有一顶草帽和一顶老式的黄色雨帽——老照片中渔民戴的那种雨帽。下面是大小不一的木屐和长筒靴，还有一个木制的篮子，里面垫着报纸，装着些早就干了的洋葱。如果没有蜘蛛网和厚厚的棕色灰尘与霉菌，没有衣服、木屐和靴子上的褶皱，那么这一切都显得很正常。我头顶上有一盏玻璃面板的灯，看上去有点儿像船灯，门框旁边有一个瓷开关——这玩意儿不太符合现在的安全标准。我轻轻地按了一下，没有任何反应，我并不感到惊讶。

我上了一小段楼梯，只有四个台阶，然后穿过隔墙。我有一种想喊"你好？"或者"嗨！"之类的话的冲动，但我没有这么做。如果奥斯卡或者爱莎姨妈能给我回复，那当然非常好，但是我担心敌人听到我的声音。

我发现自己来到一间厨房中。这是一个挺大的老式厨房，有一套古老的铸铁炊具和一个巨大的煤气炉。天花板上挂着一串满是灰尘的干洋葱，墙上的钩子上挂着又大又重的搪瓷铁锅和煎锅。角落里有一台淡黄色的老式冰箱，它看起来像是二十世纪五十年代的东西，并不是什么花哨的复古仿制品。

"走开。"

那声音既疲倦又嘶哑，我惊得跳了起来——我原以为房间里空无一人。我疯狂地四处张望，但仍然看不到任何人。

"你好？"我冒险地说。

"走开。"

我的心怦怦地撞着我的肋骨。这里没有人，但我能听到这疲倦的声音，非常清楚，与我非常接近。

"你在哪里？"我低声说，"我看不见你。"

"走开。"

然后我发现挂在锅与锅之间钩子上的鸟笼。

鹦鹉？

但声音听起来可并不像鹦鹉。

我退后一步，看看笼子里有什么东西——

它看上去像是一只阴郁的大鸟，外形像猫头鹰，灰褐色羽毛凌乱不堪。与此同时，它又不是鸟。它的脸上没有喙，也没有猫头鹰眼睛周围的白羽，取而代之的是皮肤、眉毛、人眼、鼻子和嘴巴。

在圣诞节期间，我怀着病态的好奇心，在网上搜索"奇美拉"这个词，发现了许多相关文章——这是古希腊词语"嵌合体"，意思是将各种动物或者人与动物拼装到一起组成的怪物，就像我眼前这个一样。

"走开。"它说着，听起来既忧郁又悲伤，泪水不断如小溪一样从它小女孩儿般的脸上流下来，在它胸前的羽

毛上留下了湿漉漉的痕迹。

　　我不禁毛骨悚然。鸟应该有喙和爪子，而不该有人类的脸。而且它本应长着爪子的地方却是柔软的手指。

　　"你是谁？"我问。

　　"什么也不是。"

　　"什么？"

　　"什么也不是。"它重复道。

　　"你没有名字吗？"

　　"我的名字就是'什么也不是'，她就是这么叫我的。"

　　"她？"我问道，"你是说奇美拉吗？"

　　它点头，这个急促的小动作，非常像鸟的样子。

　　"她是我妈妈。"它接着说。

WILD WITCH

Chapter 15

第十五章

什么也不是

　　这只嵌合体蹲坐在笼子里的栖木上，忧郁地望着我，泪水继续悄悄地从它那小小的、像人一样的脸上流下来，流到胸前潮湿的羽毛上。

　　"奇美拉是你妈妈？"我再次问。

　　"她创造了我。"它说，伴随着那微微的、颤动的、鸟儿般的点头。

　　我凝视着这只类人鸟。它的眼睛比奇美拉的颜色更深，是金黄色而不是掠夺性的黄色，但它的鼻子也一样锐利。我能看出一些遗传特征。

　　"但是……她为什么把你关在笼子里呢？"

　　"因为我是个失败者，我一无是处，我只是……什么也不是。"它说着，甩出一只翅膀，"妈妈厌倦了我一直跟着她。我尽量不这样做，但是……我做不到。你知道，跟不上妈妈会非常让人难过。"

　　这可能是我听过的最让人难过的事了。最糟糕的是，它几乎接受了这样的生活，好像奇美拉的行为完全是自然和正当的。

　　它毫无征兆地打了个喷嚏，就是小猫小狗那种小喷嚏。与此同时，一道淡黄色的小水流从尾羽下射出。

　　"我很抱歉，"它一边说，一边大声吸气擤鼻涕，"我对尘螨过敏，可是我真的不能自己梳洗羽毛。"

笼子底部被一层厚厚的鸟粪和羽毛覆盖着，我现在能看到了。这让我非常非常生气。

"你不应该忍受这些。"我说，"没有人应该这样生活，也没有人应该叫……这个名字。"我想找到笼子的门，却找不到。我不知道奇美拉是怎么把这位"什么也不是"关进笼子的。"有没有办法打开这个笼子？"

"我想没有，"什么也不是说，"我觉得打不开。"

"走着瞧。"我一本正经地说。鸟笼是金属的，还相当厚实，我大概没法儿折弯它。然而，笼子的底部似乎是用胶合板制成的。也许我可以挖一个洞？我环顾四周寻找可以使用的工具，目光落在水槽旁的一块木板上，上面放着五六把厨刀。

"等等。"我说。我把凳子拉近，爬上去，想摘下鸟笼。

"救命！"什么也不是尖叫着，在栖木上疯狂地上下挣扎，"我会掉下去的，我会掉下去的……"

"这……只需要……一分钟……"我气喘吁吁地说。笼子比我想象的要重，但我还是设法把它拖到了厨房的桌子上。

"我得把它放倒。"我提醒它道。

"不！不！"

我不顾什么也不是惊慌的哭叫声，把笼子放倒。一片羽毛和鸟粪组成的烟雾突然冒了出来，什么也不是打着喷嚏，拍打着翅膀，它的尖叫声如此刺耳。我手头要是有棉团的话，多半会忍不住塞住耳朵。

"安静点儿！"我命令它，然后又平静地重复了一次，"这只需要一分钟，然后你就可以自由了。"

"自由？"什么也不是说道，声音奇怪而笨拙，"那是什么？"

"等着瞧。"我抓起一把最大的刀，在笼子的底部砍了起来。每砍一次，什么也不是都会笨拙地跳起来，然后发出一声微弱而吓人的尖叫。起初刀尖没能划破木头，可是我砍了六七次之后，胶合板的一侧突然从金属箍上掉下来了。我翻过刀子，用刀柄狠狠地砸这块胶合板。咔嗒一声，笼底破了个洞。我一只手抓住笼子，另一只手抓住底座，想把整个笼子打开，同时努力忽视鸟粪从手指间流过的那种黏稠的感觉。

"你走吧，"我说，"你自由了。"

我把鸟笼底部的碎片甩得尽可能远，努力克制自己用衣服擦手指的冲动。

什么也不是在倾斜的笼子栏杆上笨拙地找着平衡。它透过鸟笼底部的破洞凝视着我。

"你为什么这么做？"它问。

"你这是什么意思？"

"你为什么毁了我的笼子？"

"当然是让你自由！"

"自由？"

"是啊。"

"但我不知道这意味着什么，你能不能告诉我这是什么意思？"

我深深地吸了一口气。

"呃……我想这意味着你可以自己做决定，可以做你想做的事。"

"我现在能这样做了吗？"

"是的，你自由了。"

它点了点头。

"很好。那么请你替我把门打开好吗？"它朝厨房门口点了点头。

"为什么？你要干什么？"

"那样我就可以去找我妈妈了。"

"不！我的意思是……我认为这可不是什么好主意。"

"为什么不是呢？"

"因为……"因为那样奇美拉就会知道我在哪里了，我想着。但我有一种特殊的感觉，她已经知道了。"因为她会把你关在笼子里啊。"

"我知道。"

"但是……这就是你想要的吗？"

"不，但我想和我妈妈在一起。"

我慢慢地摇摇头，"为什么？"

"我不知道，可事实就是这样，我会情不自禁地跟着她。"

"但是你必须要改变这一点，你必须学会不要这么做！"

"为什么？请把门打开，我自己开不了。"

"不！不！那是不对的，我不会让你这么做！"

"但你刚才说……"什么也不是声音颤抖着，"你刚才说我可以做我想做的事，自由，还有这一切。这不是自由的意思吗？"

"是的。或者更确切地说……你可以自由地做你想做的事，但是仍然有一些事情你不应该做，即使你想做。你明白吗？"

"嗯……比如说吃那些让你恶心的东西吗？"

"对。虽然这可能真的很难，但你必须停止跟随奇美拉，你必须找到你自己真正想去的地方。"

什么也不是打了个喷嚏，一片羽毛飘落在厨房的桌子上。

"但我哪儿也不想去，"它说，"我只想去我妈妈那里。"

我盯着眼前这个蓬乱的小嵌合体，涌起一阵刺痛和怜悯交织在一起的感情。

"既然如此，那你就那样做好了，"我终于说，"如果那真的是你想要的。但你得自己开门。"

我打开了一个水龙头。水管发出咝咝汩汩的声音，一股带有铁锈的水从水龙头里喷出。我洗了洗手，然后脱去雨鞋，冲洗掉了鞋上和裤腿上的狗尿。什么也不是一动不动地坐着，兴致勃勃地看着我做每一件事。

"你真聪明，"它羡慕地说，"你可以自己清洗羽毛。"

我不知道该怎么回答，所以干脆什么也没说。我把衣服挂在厨房椅背上晾干。这里还是很冷，但总比外面好点儿，而且穿着湿裤子只会让我更冷。

"你知道有没有人……呃……这房子里还有没有其他人？"我问。

"我觉得有，"它说，"我听到过声响。"

"什么时候？"

"起码昨天就有。"

我想那可能是爱莎姨妈，也可能是奥斯卡，或者珊妮娅。

我用一块满是灰尘的茶巾擦干了手，小心翼翼地打开厨房另一端的那扇门。什么也不是跟上了我，它不擅长飞行，也不怎么习惯用手指头走路，只能拍动着翅膀，步履蹒跚地挣扎。它打了个喷嚏，扑通一声倒在地板上，然后接着打喷嚏，羽毛和灰尘到处飞扬。

"你在干什么？"我问。

它拍着翅膀来保持身体平衡，直起身来，茫然无措的金黄色眼睛盯着我。

"我只会跟着别人……我可以跟着你吗？"它问。

我觉得这比让它跟着奇美拉强多了，所以虽然我不喜欢这个小小的、只会拍打翅膀和打喷嚏，而且在我脚边随地大小便的家伙，但也不能拒绝它。

"好吧。"我说，"但这只是开始，直到你学会独立为止。你必须努力开始决定你自己想做什么，你明白吗？"

"是的，是的，"它急切地说，"我保证。"

我转过身来继续往前走，这时一个念头浮现在我的脑海中。

"嘿，呃……"我不知道怎么称呼它，总不能还叫"什么也不是"吧。于是我小声试探着叫了一声，"小朋友。"

"朋友？"它问，"那是什么？"

"朋友是……你喜欢的人。"实际上我不太喜欢这位什么也不是，我这到底是在干什么？

"喜欢吗？"它说，"你是说……就像你觉得食物好吃那样吗？"

"嗯，是的，也许吧。或者……也不能这么说……朋友就是你很高兴见到的人。"

"高兴，"它说，"我知道那是什么，虽然我还没经历过什么高兴的事。"

我的喉咙疼得可怜。我吞咽了一下口水，很快又回到了我真正想问的问题上。

"当你发现我时，你说了好几次'走开'，你为什么这么说？"

"这不是我想的，"什么也不是说，它看起来吓坏了，"我只是跟着其他人才这么说的。"

"其他什么人？"

"他们，房子里。他们在房子里，他们想让你走开。"它用大大的闪亮的眼睛看着我，"难道你听不见吗？"

WILD WITCH

Chapter 16

第十六章

姐妹鸟

"'走开'，"我对什么也不是说，"你确定他们是这么说的吗？"

"不是，"它开始动摇了，"如果你觉得不是的话。"

但它肯定，或者至少在我开始质问它之前它已经听到过了。

"他们是谁？"

"我不知道。"它说，"我从来没见过他们，我只听到过他们的声音……非常微弱的声音。"它用翼尖指着头，"在这里。"

我一下子觉得脊梁发冷。此时，我明白了什么也不是在囚禁中失去了很多，但我努力抑制自己的恐惧。自从遇见小狸，我才知道所谓脑袋里的声音有时并不都是我自己的。

"他们说什么？"

"走开。"

"他们生气了吗？"

"没有。我想不是因为你。"

"那他们为什么要我走开呢？"

"我不知道。"

我深吸了一口气，闭上眼睛试着用直觉去倾听。我试了好几分钟，但除了沉默，我什么也没感觉到。在一座老房子里，沉默不是真正的寂静无声，而是夹杂着吱吱的声响、低声耳语以及管道里的咧咧声。

等等，再等等。

有人来了，就在门的另一边，我想把门打开，那里有生命体。但这是一种奇怪的生命现象。我感觉到了许多种不同的呼吸，许多颗不同的心，然而……节奏却出奇地一致。有些东西在等待，没有动静，虽然我确信门后有不止一个生命，但他们又都是完全相同的。

"有人在这房子里，"我指着门说，"你是这个意思吗？"

"噢，不，"什么也不是说，"那只是姐妹们。"

"姐妹们？"

它点点头，"我的姐妹们，比我成功。"

"是它们想让我'走开'？"我问。

"噢，不，"它又说道，"不是它们，是其他人。"

我闭上眼睛，试图通过寂静的等待，感受到什么也不是的"姐妹"。这很困难，好像它们在我周围形成了一堵墙，但隐隐约约地，我开始感觉到……奥斯卡。

有时我会感觉到他和我之间被一条非常细的红线联结着，比钓鱼线还要细。大多数时候我看不到也感觉不到什么，但是现在我集中精神……我几乎可以肯定那是他。

我打开门——一开始只是打开一道缝，然而什么也没有发生，于是我又开大了一点儿。

在门的另一边是个大厅，有一座挺大的楼梯一直通向房子的顶部，那里没有太多的光亮，只有一个大大的圆形彩色玻璃窗在上面，我推测那里有前门。有几扇窗子的玻璃裂开了，有的已经完全没有玻璃了，只有铁窗框留在那里。这个大厅可能曾经是个十分温暖豪华的客厅，但那些日子早已过去了。一股冰冷的风从破窗中吹进来，地板上覆盖着鸟粪。我看不出地板原来的颜色，也不知道铺的是瓷砖还是木地板。墙上有鸟粪，台阶上有鸟粪，栏杆上到处都是鸟粪。

所有的鸟粪都是从某个地方来的。我紧张地凝视着暮色中的楼梯，没有任何动静，这也许就是为什么我花了这么长时间才发现它们，但它们在那里——蹲坐在上面，从穿过昏暗楼道的栏杆和横梁，直到屋顶下的椽子。我可以看出它们是鸟，但又说不出是什么鸟。它们将头藏在一边的翅膀下休息，灰色羽毛膨胀起来，看起来像满是灰尘的大个儿兔子。

"那些是你的姐妹吗？"我问什么也不是。

"是的，但你不必低声耳语，它们不介意噪音。"什么也不是猛烈地拍动翅膀，设法飞高了将近两米。

"叽叽！"它大声叫道，"希罗罗罗罗……"

我跳了起来，但它的那些姐妹连一根羽毛都没有动。

"它们是在冬眠还是什么？"我问。

"我不知道它们怎么了。"什么也不是说。

"我是说，它们是在冬天睡觉吗？"

"哦，我明白了。不，不，我不这么认为。它们只是在等。"

"等什么？"

"我不知道。但它们没有睡着，并没有真的睡着。"

我小心翼翼地向前走了一步，眼睛紧盯着这一大群静止不动的姐妹鸟。什么也没发生，所以我又闭上眼睛感受了一会儿，以便更好地追寻奥斯卡的线索——他好像是在楼上，现在我想我能听到来自同一方向的低沉的声音。我仍然盯着这些姐妹鸟，踮着脚走上楼梯，走到第一个楼梯口。楼梯间像画廊一样伸展向整个房间，两端各有一扇门，我在中央的一组高大的双扇门前停下来，把耳朵贴在门上。现在没有人说话，但声音是从这里传来的，我敢肯定。我跪下来，试图通过锁孔窥视。

"你在干什么？"我身后的什么也不是问，这几乎让我心脏病发作。

"嘘——"我轻轻地说。

幸运的是，它没有再说"这是什么意思"，它只是紧闭双唇，急切地点点头。

除了一大片褪色的地毯之外，我看不到什么太多的东西——有桌子腿，也可能是灯……还有一只脚。

那是奥斯卡的脚——无论在哪儿我都能认出他来。

我试着拧了拧把手，门没有锁，我打开了门。

那是一个老式的客厅，家具上铺着苔藓似的绿色天鹅绒垫子，壁炉里有木柴燃烧着。这里有带流苏灯罩的吊灯，还有带玻璃门的桃花心木书架。不过，我第一眼看到的是奥斯卡。然后他盯着我，看到我身后的什么也不是。

"又来了！"他发出一声尖叫，跳着躲到了扶手椅的后面。

武弗惊恐地尖叫着，试图把自己藏在沙发下面。汤普大声叫着，爱莎姨妈像挥舞着一把剑一样抓着一把旧伞，看起来像是要反抗到底。只有躺在沙发上的珊妮娅一点儿反应也没有。

"是我，嘿，是我……"我说。但他们并没有盯着我看，而是紧紧地盯着旁边的什么也不是。

"这个不像它们，"爱莎姨妈低头说，"我不知道它是什么，但它不是那群家伙中的。克拉拉，把门关上。"

爱莎姨妈身上有很多血迹。图图蹲在一个书架上，看上去异常愤怒。当奥斯卡慢慢从扶手椅后面走出来时，我看到他的前臂上也有血迹。

"发生了什么事？"我问。

"现在，把门关上！"爱莎姨妈厉声说，我赶紧照做了。

"它们还在外面吗？"奥斯卡想知道。

"谁？你在说什么？"

"那些姐妹鸟。"

"什么？"

"我想他指的是我的姐妹们，"什么也不是好心地提醒说，"大概就是指它们……"

WILD WITCH

Chapter 17
第十七章
奇美拉的声音

　　"它们太令人毛骨悚然了。"奥斯卡说,"它们看起来像鸟,但是……它们有下颚。你知道,就像鲨鱼一样,嘴里满是牙齿……"他举起了一只受伤的手臂,展示一处网球大小的圆形伤口。"真的很疼。它们用獠牙咬进你身体里,根本不放开……要是不杀死它们,它们就一直咬着你……足足有几百只,就坐在那里等着你。"

　　"但是……刚才我上楼的时候,它们也没对我干什么啊。"

　　"是没有,它们等着你逃跑呢。"

　　"这是个陷阱。"珊妮娅突然说。她仍然躺在沙发上,凝视着空气,好像对一切都已经漠不关心了,"整个事情就是个圈套,都是我的错……"

　　爱莎姨妈看上去好像在为她感到难过,但她也没有说"不,当然不是"之类的话。

　　"这不怪你,"奥斯卡对珊妮娅说,"你不是故意这么做的……"

　　"你在说什么?"我问,他们这是什么意思?

　　"奇美拉想俘虏你,"珊妮娅说,"我一直都知道,但我……我就只想着韦斯特马克了。不知怎么的,我就是确信你才是唯一能帮我把韦斯特马克夺回来的人。"

"是奇美拉，"爱莎姨妈对珊妮娅说，"奇美拉千方百计说服你，她一直把你关到你真的相信这一点，也就是让你相信只有克拉拉能打败她，才故意放你逃跑。"

"我早就感觉逃得太容易了，"珊妮娅痛苦地说，"奇美拉从不让她的猎物在她达到目的之前离开……"

我发现自己下意识在擦小狸当初在我眉毛之间制造的抓痕，可能是因为我现在觉得自己有点儿像猎物。

"你是说你不是自己逃走的，是她故意放走你的？"

"我以为自己逃走了，但这只是她利用我的一种方式，我只是猎人抛出的一个诱饵。"珊妮娅低声说，"只是这个诱饵不够成功，我没能说服你和我一起来韦斯特马克。于是，她带走了奥斯卡和武弗，把他们当作诱饵。然后……然后……"她气喘吁吁的，要说出"然后我背叛了我的朋友"这句话让她痛苦不堪。

"珊妮娅……"爱莎姨妈伸出手来，想要阻止她的痛苦自责。

"不，这是事实。我就是这么做的。如果没有我，你永远也不会……她永远也不会……"

"奇美拉抓住了你的荒野伙伴，"爱莎姨妈说，"你当然会来找她。"

"我本不该这么做的。"

"如果被抓走的是图图……"爱莎姨妈说，"我也会做同样的事。"

"不，你不会。你更聪明也更强大，你不会背叛别人。你不会告诉……告诉别人你朋友的弱点，告诉别人什么才是欺骗他们的最好办法。"她的目光落在奥斯卡身上。

"原来是你……"我不知道该如何表达，"你有没有告诉奇美拉，我和奥斯卡……"

珊妮娅痛苦地点头。"但是……"她的声音低得几乎听不见了，"但是……无论如何她杀死了埃尔弗里达，作为我是个不合格诱饵的惩罚。"埃尔弗里达是那只雪貂的名字，我想起了爱莎姨妈家的纸板箱里那僵硬的小身体。可怜的珊妮娅。

她坐了起来，把膝盖抱在胸前，这使她看起来更娇小，也更年轻了。以前，我一直怀疑珊妮娅是否是对的，奇美拉是不是因为某种原因真的害怕我。现在看来，情况并非如此。微弱的希望蜷缩在我体内，沉寂下去。奇美拉从未害怕过我，害怕并不是她与我保持距离的原因。她一直都知道，只要选对了诱饵，无须干涉，就能让愚蠢的克拉拉像个乖女孩儿一样径直走进陷阱。

"我是多么希望你不会来这里，"珊妮娅说，"可是你到底还是来了。"

"是啊，"然后我想起了什么，"是你说的'走开'吗？"

"这是什么意思？"

"有一只红隼……"我告诉他们关于它，还有什么也不是听见的那些声音。

"我不知道，"珊妮娅说，"我只是这么希望而已。"

"也许这就足够了，"爱莎姨妈说，"你是韦斯特马克的一部分。当你对什么有足够的渴望的时候，韦斯特马克的所有人都能感受到。

珊妮娅低下了头。"现在都无所谓了，"她说，"反正也没什么区别。所以现在只剩下一个大问题了。"

"什么？"我问，"她想要我做什么？"

"读一本书！"奇美拉说。

我心跳骤停，惊慌失措，像个疯子似的四处张望。但除了我们自己之外——奥斯卡、爱莎姨妈、珊妮娅和我，我什么也看不到。这里没有张着鸟翼的女人。

但那确实是她的声音，我肯定。

"你在哪里？"爱莎姨妈说，"奇美拉，你触犯了荒野世界的法律，让我们走吧。"

我不认为爱莎姨妈相信这么一转眼，奇美拉就开始遵守法律了。她只是想让奇美拉再说话，这样我们就可以确定她的声音是从哪个方向来的。

"读一本书，然后我就放你们走。"

我转过身，盯着什么也不是看。它坐在安乐椅的扶手上，把手指头伸进布料里，身体挺直，眼神空洞。

"什么书？"我问，想要对声音的来源更有把握。

"什么也不是知道。"奇美拉的声音说，但这声音是从什么也不是的嘴里发出来的，"找到它，然后读给我听！但是快点儿，姐妹鸟们可都饿了！"

"奇美拉，"爱莎姨妈冷冷地说，"放开那个可怜的生物，让它自己说话。"

什么也不是眨了眨眼。"什么？"它恢复了原本的声音，并开始猛地打喷嚏，"我太失礼了，很抱歉……"它嘟囔着，发了一会儿呆，然后从扶手上摔下来，倒在地板上，昏了过去。

什么也不是躺在地毯上，手指朝向空中，眼睛紧闭着。奥斯卡疑惑地看着它。

"这是怎么回事？"他问道，"为什么它的声音突然改变了？"

"它是某种实验失败的产物，"我说，并惊讶地发现自己的声音听起来多么生气，"一个不符合奇美拉要求的嵌合体。奇美拉把它关在笼子里，抛弃了它，因为厌倦了它总是跟着自己。"

"这就是它所说的，"我纠正了自己，"它是一个生物，而不是一件东西。它的名字叫'什么也不是'。"

"但是奇美拉可以通过它说话，"爱莎姨妈沉思道，"那就意味着奇美拉创造它时使用了她自己的一部分。"

"对不起，"珊妮娅插嘴说，"我想我们应该对它说的话更感兴趣，而不是关心它是怎么说出来的。"

"而且奇美拉不是说，只要我们大声朗读一本书，她就会让我们离开这里，对吧？"奥斯卡说。

"书籍对一个人来说很重要，"爱莎姨妈回答，"对一个与众不同的女巫来说，可以说尤为重要，比如奇美拉。"

"也许你说得对，但奇美拉肯定能自己读书写字吧？"

"是的。"

"那么，为什么要对书架上的一本书这么大惊小怪呢？"奥斯卡看起来很怀疑。

"肯定还有什么别的事。"爱莎姨妈说。

"珊妮娅，这房子里有什么特别的书吗？"

"魔法书、黑皮书和死灵之书？爱莎，你应该是知道的，你了解我们家，"珊妮娅的表情突然变了，"或者说你曾经了解我们家。我现在是家里唯一剩下的人了。但是除了我那有点儿古怪的曾祖父莎尔莫斯，其他人从来没有碰过那些东西——黑暗艺术、血腥魔法等等。我们是荒野巫师，纯真而简单。或者更确切地说，我们曾经是。"

珊妮娅有一些失落和孤独。我记得第一次见到她时我有点儿害怕——她染了色的头发，化了烟熏妆的眼睛，尤其是雪貂埃尔弗里达——它并不是最可爱的那种荒野伙伴。但是，也许所有这些突兀的表现方式都是为了帮助珊妮娅说服自己，她是坚强的，不需要任何人。现在她看起来既不狂野也不危险，只是非常非常孤独。

"你父母到底发生了什么事？"我问。

"他们死了。"她说。

很明显，她根本不愿意谈论这件事。但如果这和眼前的一切——韦斯特马克、奇美拉以及那本奇美拉迫不及待想要我读的神秘的书有关呢？

"珊妮娅的父母当时要去乌鸦壶参加瓦尔普吉斯之夜

的聚会。珊妮娅那时候只有四岁，年纪太小，不能和他们一起去。事实上，那天晚上是我在照顾她。我们不知道到底发生了什么，只是……他们一定是迷路了。我们花了五天时间才找到他们，那时已经太晚了。"爱莎姨妈看着我，眼里充满了阴影，"如果你迷路了，不仅饥饿和干渴会杀死你，荒野迷雾本身也会消耗你的生命，尤其是当你不知道该往哪里去的时候。最后你会倒地而亡。珊妮娅的父母当时是躺倒在一起的，拥抱着彼此，就那样死去了。"

"是不是因为……有人杀了他们？"

"不是。"

"我还以为也许……也许是奇美拉干的……"

"不，"爱莎姨妈说，"没什么好怀疑的。奇美拉是后来才出现的。"

"之前没有奇美拉的事，直到她找到一个窃取韦斯特马克的机会。"珊妮娅狠狠地说。

"她是怎么做到的？"奥斯卡问。

"我父母去世后，我的姑姑艾比负责照料我。她年纪很大，也很古怪，很多人说她不是抚养孩子的合适人选，但是……但是我爱她。她不仅仅是我的亲人，而且是我们全家最好的朋友。她不擅长家务，人们常说我们家乱糟糟的。后来我们又花了大部分时间在外面，在花园和海滩上点火煮贻贝吃。她教会我很多的东西。晚上我们回到家里，她总是给我洗澡。房子可能有点儿脏，但她不会让我脏兮兮的。她会读书给我听，我们还会画当天看到的各种各样的东西，那时我还以为日子会永远这样持续下去。我当然知道她老了，但她和牛一样强壮，动作几乎和我一样敏捷。我是说，她还会爬树呢。她会和我坐在樱桃树上吃樱桃，吐核儿……"珊妮娅的脸扭曲了，"我怎么知道有一天她会突然坐在椅子上死去呢？但她就是这么去了，毫无征兆。"珊妮娅呆呆地看着我们，"我想念她胜过想念我的父母，她照顾了我十年。她绝不会在没有和我事先商量的情况下卖掉韦斯特马克，她根本不会卖。"

"但是……她到底卖了没有？"我问。

"没有，就像我一直告诉你的那样，这是个骗局。"

"奇美拉伪造了一份艾比姑姑签署的出售合同，或者说至少出现了这么一份东西。艾比姑姑去世后，这个合同开始生效，人们相信了那上面写的'为支持孩子的教育，为她提供经济保障'之类的胡说八道，并顺理成章地认为艾比卖掉韦斯特马克只是想在她去世后，让我继续得到良好的照顾。"

"但是艾比姑姑永远不会认为离开韦斯特马克'对我最有利'。"珊妮娅说，"她绝对不会送我去那个价格昂贵的寄宿学校。怎么会有人这么想呢？"

"乌鸦之母就这么认为，"爱莎姨妈说，"他们判定出售是有效的，珊妮娅必须离开韦斯特马克，并开始在奥克赫斯特学院学习，那是一所部分荒野巫师家庭很喜欢的寄宿学校。"

"那是个可怕的地方，"珊妮娅说，"大部分时间我都被困在教室里，不允许和埃尔弗里达在一起。三个星期之后我就跑掉了……"

"学校扣留了那笔学费，"爱莎姨妈说，"他们说珊妮娅拒绝让自己受教育不是他们的错。"

"然后你就没有姑妈，没有家，没有钱，"奥斯卡说，"这太不幸了！"

"我所拥有的只是埃尔弗里达。"珊妮娅说，这时，她眼中的光芒看上去几乎熄灭了。因为现在她连埃尔弗里达也失去了。

整个故事是如此悲惨，我简直受不了。

"我们必须做点儿什么，"我说，"我们不能在这里沮丧万分，坐以待毙。难道真的没有办法对付那些姐妹鸟吗？"

"我不敢再冒险了。"奥斯卡说着亮了亮他的伤口。

"但是……"我想到那些海鸥和野狗，"如果它们不伤害我呢？"

"为什么它们不伤害你？"奥斯卡说，"我可不觉得它们会挑食，它们什么都吃。"

"是的，但是……"我开始解释那些野狗身上发生了什么，"感觉好像它们不想让我流血。"

爱莎姨妈认真地看了我一眼。

"你肯定有些什么与众不同之处，正是考虑到这一点，奇美拉才要把你带到这儿来。如果可能的话，那就逃跑吧。赶紧跑，去寻找乌鸦之母，告诉他们我们在这里，他们必须做点儿什么。奇美拉剥离动物灵魂，创造嵌合体……"爱莎姨妈低头看了一眼仍然昏迷的什么也不是，"我们必须阻止她。否则，不仅韦斯特马克处于危险之中，而且整个荒野世界都危险了。告诉他们！"

"快点儿！"奥斯卡紧张地说，"别忘了她说的那些姐妹鸟肚子很饿的事……"

WILD WITCH

Chapter 18

第十八章

阻　击

"你确定吗?"爱莎姨妈问,"毫无疑问,如果你错了,姐妹鸟会攻击你。虽然我们会帮助你,但这仍然十分危险。"

"我们已经处于危险中了。"我说,"在客厅里等着表面上没那么危险,实际上则不是。"我多么希望小狸在这里,那样我就不会这么害怕了,小狸总是能让我鼓起勇气。

爱莎姨妈露出微笑,把手放在我的脸上,快速地亲了亲我的额头。

"你长大了,克拉拉。"她说,"我真的很高兴。"

奥斯卡也对我的自告奋勇感到有点儿惊讶,但这一次他闭嘴了。

我深吸了一口气。我觉得我应该当场跑个步或者做做俯卧撑——这是在重大体育赛事之前做的热身吧。我的意思是,接下来的挑战绝非易事。

我打开门。外面像以前一样安静,但光线更暗了。也许外面已经阴云密布了,也许这一切只是我脑海里的想象。我能感觉到姐妹鸟的数量比我能看到的更多,它们只是静静地等待,而不是在休眠。

不到一个小时前,我刚从它们眼前走过,我提醒自己,它们那时一动没动。我现在也可以从它们身边走过。

想想海鸥和那些野狗，尤其是垂耳。不管是什么原因，它们会放过我的，或者至少它们不会咬死我。

我走了起来。我本来可以跑，但还是没这个勇气——如果你可以踮着脚从看门狗身边走过，那跑真的是个坏主意，因为它会凭直觉追你。所以我一步一步地朝楼梯走去。

我听到了一阵颤动。我抬起头来，几只最近的姐妹鸟伸展了翅膀，这是我第一次看到它们的头。

我早先没看清它们，是因为不敢肯定我是否愿意冒险。它们没有喙，有着小女孩儿的脸和巨大的嘴巴。在某种程度上，它们的长相与什么也不是有点儿相似。只是它们眼睛上的羽毛变成了闪闪发亮的尖刺。就像奥斯卡所说，姐妹鸟的下颚上长着锋利的三角形牙齿，不是一排而是两三排。

我停下脚步，我不是故意的，真的不是故意的。

来吧，我告诉自己，向前。好的，它们在看着我，不会杀了我。继续前进……

我又走了几步，但情不自禁地加快了脚步。我现在已经走到楼梯边上了。我没有跑，但也不是悠闲地散步。

当我第一步踏上台阶的时候，我听到一阵巨大的嗖嗖声。我抬起头来，整个楼道都躁动起来。一群姐妹鸟挥舞着翅膀，仿佛被某种单一的意志所控制。

现在我跑了起来，想冲到下面，但只迈了几步，就被它们拦住了。

艾巫克拉拉之
遗忘诅咒

　　"走开！"我尽全力尖叫着，"走开！"

　　我跑着的时候胳膊弯了一下，撞到了一些姐妹鸟，但显然这里有更多的姐妹鸟。砰砰砰的几声，它们的羽毛像橡胶子弹一样击中了我的后背、头、肩膀、胸部，以及胳膊和腿。

　　太可怕了，但我很快意识到它们并没有用牙齿咬我，它们的行为就像野狗和海鸥一样。所以，只要我能一直走到前门，只要我能到外面去……

　　我强迫自己继续走下去。我不再猛烈反击，除非它们直接瞄准我的脸。不过，它们的攻击持续不断。它们用爪子抓住我，使我的负重不断增加。我的脚踩在台阶的边缘，被它们缠住而无法抬高，以至整个身体都失去了平衡。我拼命地抓住栏杆，但因为手臂比平时重了很多，最终身体转了半圈摔倒了。我没有摔在坚硬的楼梯上，而是压在了几百个柔软的身体上，有些姐妹鸟被压扁了，我听到骨头像树枝一样折断的清脆的响声，感觉到我的臀部一片湿热。我没有受伤，那不是我的血。但是我身上的重量已经增加了一倍。

　　我觉得快要窒息了，于是又开始用胳膊猛击它们，用脚踢它们，扭动我沉重的身体，努力不被淹没在洪水般的羽毛身体中。

　　"克拉拉！"我想是奥斯卡在向我呼喊，但那声音听起来十分遥远。

　　"回来！"爱莎姨妈的声音穿过翅膀的漩涡传来，

"克拉拉，你做不到，回到这里来！"然后一阵刺耳的尖叫声响起，那是一首狂歌，一种我以前从未听过的狂歌——一种战争的呐喊，那本身就是一种攻击。这声音似乎刺穿了大量姐妹鸟的身体，让我身上的重量减轻了一点儿。我设法爬到楼梯旁边，紧紧抓住栏杆，拼命拖着自己走了一两步，突然有一只手抓住了我的手。我把一只姐妹鸟从我的脸上拿开，看到那只手属于珊妮娅。她正把我拖上楼梯，而她那狂热的歌声越来越响亮，我简直不敢相信，一个女孩子竟能发出这么大的声音。爱莎姨妈也开始唱荒野之歌，我看到她和奥斯卡都在反击这些姐妹鸟，不是徒手，而是用沉重的书攻击，好像这些书是棒球棒，而姐妹鸟是棒球。在珊妮娅的帮助下，我回到了楼梯平台上，等爱莎姨妈抓住我的另一只胳膊，我才蹒跚走回客厅。

图图在奥斯卡把门关上之前，勉强冲回客厅里面。我能看出它也参与了战斗，它的喙上有血，一只翅膀上也有。珊妮娅抓起一本书，猛地把它狠狠地摔在追赶我们的一只姐妹鸟的头上。爱莎姨妈还从我的头发和背上揪下几只姐妹鸟，像撕扯餐盘里的烤鸡一样。

爱莎姨妈、奥斯卡和珊妮娅都又受了伤。珊妮娅看起来最糟，一边的肩膀看起来像被人塞进过碎纸机一样。她的皮夹克破烂不堪，受伤的肩膀裸露在外面，伤口深处还能瞥见暗蓝色的东西。珊妮娅根本没有保护自己，她只是为了拯救我而战。

我是唯一一个没有受伤的人，我对此感到非常内疚。我一直以为自己在试图拯救他们，结果是他们在救我，付出了鲜血和痛苦的代价。

　　"对不起。"我说，虽然严格说来，我并没有做错什么。

　　"这是值得一试的。"爱莎姨妈说，把手放在珊妮娅的肩上，又唱起了荒野之歌。这次是嗡嗡的平静的歌声，比起珊妮娅刚刚的野战之歌，我更熟悉这个，而且这歌声似乎是在止血。珊妮娅面色苍白，两眼无神。

　　"这可不好。"奥斯卡气喘吁吁地吮吸着手腕，那里又被姐妹鸟咬了一口。

　　"我们不能走那条路。"

　　"我们不能用荒野之路吗？"我问。

　　爱莎姨妈摇摇头："很少有荒野巫师能在室内找到荒野之路。我们大多数人都需要头顶上的天空，还有脚下的草地、泥土或岩石才能成行。"

　　我想小狸能做到。但是话又说回来，它也需要一个大到足以让它钻过迷雾的洞。此外，我开始意识到，小狸并不真正认为宇宙的大部分定律都适用于它。

　　爱莎姨妈为珊妮娅的肩膀唱了另一首荒野之歌，那里还有一道伤口。

　　"我们连水都没有。"她说，"奥斯卡，检查一下酒柜，看看有没有比普通雪利酒有用些的东西，伏特加或杜松子酒是最好的。"

"艾比姑姑更喜欢白兰地，"珊妮娅用低沉的声音说，"我不认为她会收藏伏特加酒。"

"为什么需要这些东西？"我问。

"她的伤口很深，"爱莎姨妈解释说，"即使有荒野之歌也不行……烈酒能清理伤口，而伏特加几乎是纯酒精。"

"没有那种酒，"奥斯卡说。他打开了一个相当大的桃花心木橱柜，显然它不是我最初以为的那种单纯的书架，"但是有一些威士忌，这个行吗？"

"总比没有好。"爱莎姨妈说。

奥斯卡把瓶子拿过来，爱莎姨妈小心地把一点儿威士忌倒在珊妮娅的伤口上。

珊妮娅深深地吸了一口气，伤口显然被刺痛了。

"对不起，亲爱的，"爱莎姨妈平静地说，"但是……"

"我知道，"珊妮娅咬紧牙关说，"我知道。"

然而，奇怪的是，她尽管受伤了，而且很痛苦，看起来却比我刚进客厅时好多了。那种生无可恋的神情消失了，她的眼神中又有了光彩。

"谢谢你救了我，"我说，"没有你我就上不来楼梯了。"

她没有展露微笑，但点了点头。

"嘿，我们呢？"奥斯卡说，"我们也救了你。"

"是啊，你当然救了我。非常感谢。"

"多么感人啊！"什么也不是突然用奇美拉的声音发出嘲笑，"但我知道你还没有见识过这个。"

我们一起转向什么也不是，它仍然躺在地板上，双

腿悬空，但显然还是可以作为奇美拉的喉舌。这时，客厅里三扇高高的窗户上传来啪的一声巨响。我瞥见了一个巨大的白色身体，然后它消失了，只有一个血腥的印记留在窗格上。然后下一只海鸥又开始攻击了，又一声巨响，接着是下一次攻击。直到第六只海鸥撞碎了玻璃，大大小小的玻璃碎片落在地毯上。

海鸥并没有进屋，它们的任务似乎纯粹是为了打破玻璃。直到三扇窗户都摔碎在地板上，冷风呼啸着穿过破窗洞，它们才停下来。

"你有一个小时找到我要的书，"奇美拉的声音说，"之后姐妹鸟会来找你的。"

Chapter 19

第十九章

空白的书

"奇美拉!"爱莎姨妈大声地说,"那本书对你而言到底意味着什么?"

接下来一阵沉默。我认为奇美拉并不打算沟通,而只想我们听从她的吩咐,这才是她想要的。

"我们不知道你在说哪本书,"爱莎姨妈接着说,从书架上随意挑了一本书,"是这本吗?"

奇美拉仍然没有回答,但什么也不是坐了起来,也许这样奇美拉可以借助它的眼睛看到这里的情况,就像乌鸦之母借助乌鸦的眼睛一样。爱莎姨妈冷淡地翻阅着这本书。

"嗯,"她说,"看起来并不那么有趣,我想不是这本。"她把它扔进壁炉的火焰里。炉火起初由于空气压力而变得平缓,然后又猛然上升,比以前更高了。爱莎姨妈又拿了一本书。

"那么这个怎么样?是吗?不是?不知道?"她又做了同样的事情——把它扔到火上,然后伸手去拿第三本书。

"等等!"奇美拉的声音通过什么也不是说出来,"等等……"

"它看起来什么样子的?"爱莎姨妈说,"是绿色的吗?"她又拿起一本书扔到火中。

我只能张口结舌地看着。爱莎姨妈在干什么？难道她没有意识到唯一能让我们摆脱这个陷阱的人就是奇美拉吗？她真的认为激怒奇美拉是明智之举吗？

"还是红色的？"

"棕色的，"什么也不是说，这一次它的声音听起来更像是它自己，"它是棕色的，书脊和封面上有个转轮……"它用翅膀指了指，"就在那个书架的某个地方。"

奥斯卡跳起来，立刻把所有棕色的书从书架上拿下来，看看封面上是否画着个转轮，如果没有，就扔在地板上。不过十几秒钟，他的脚下就扔了一堆书，他还在继续找，直到书架上没有棕色的书为止。

"它不在这里。"奥斯卡终于说，"有些书是关于鸟类、蘑菇、童话和星星的，但是没有哪本的书脊或封面上印着转轮。"

"让女巫之子来，"奇美拉生气地说，"如果她找不到它，她就毫无用处了。"

"那本书为什么对你那么重要？"爱莎姨妈问。现在奇美拉开始聆听和回答了。

"这不关你的事，爱莎。这很重要，因为你可以通过找到它并读给我听来拯救你的生命。这就是原因。"

我蹲在地板上一堆乱七八糟的书旁边。奥斯卡是对的，这些书籍是关于鸟、蘑菇……

不，等等，这不是吗？

对，一本棕色的书，封面上有个转轮，或者说至少

是有一个圈，里面有一个十字架。

"是这个吗？"我举起书问。

"里面说了什么？"奇美拉问。

我打开它，正要开始读，但爱莎姨妈拦住了我。

"等等，"她说，"我不确定我们是否应该告诉奇美拉这里面的内容。"

"你宁愿死吗，爱莎？你宁愿看到你的三个小朋友死去吗？只需不到半个小时，他们的骨头上就会只剩下几片肉了。你想看看女巫的骨头吗？我可以告诉姐妹鸟最后再对你下手，所以你不会错过任何东西。"

听到这样的威胁从什么也不是那总是战战兢兢的、笨拙的、多数时候只会打喷嚏的嘴巴里说出来，令人十分别扭。应该说，什么也不是说的任何事情原本都不应该是吓人的，但事实并非如此。我能感觉到我脖子后面的汗毛都竖了起来。说实话，也不止脖子后面，全身的汗毛差不多都倒竖起来了。

我仍然拿着那本书。它不是一本百科全书那样的又大又重的书，更像是一本用破破烂烂的皮革装订的笔记本。这本书很古老，非常古老，不知怎的，我就是能感觉到。

"如果你不想让我读它……"我说，但是爱莎姨妈用手势阻止了我。

"我们为什么要信任你？"她质问奇美拉，"你是个歹徒，毫不在乎自己的声誉。你以前就骗过我们，我们怎么知道你这次会遵守诺言？我反正都要死，我宁愿把书扔进火里烧毁，那样至少我知道自己挫败了你的计划。"

"你真是伪君子，爱莎，"奇美拉说，"总是那么朴素和得体，总是那么正直。难道你不渴望更多吗？你真的很高兴住在穷乡僻壤的一间破烂不堪的棚屋里，把全部时间都花在治疗受伤的刺猬和断翅的麻雀上吗？"

"是的，"爱莎姨妈说，"我生活的方式正是我想要的。"

"这就是你想要的吗？""什么也不是"咆哮着，"这真的是你想要的吗？不过，如果这种生活让你快乐，那也不关我的事。你可以回到你微不足道的小日子中去，带上你的这群跟班一起。"

"你发誓吗？"爱莎姨妈说，"你愿意用你的鲜血和生命发誓，用你的力量和子孙发誓吗？你会用你的一切和未来发誓信守承诺，做到你所说的这一切吗？你发誓吗？"

那些话中带着一种荒野之歌的感觉，我突然明白爱莎姨妈要求的不仅仅是承诺，而是一个誓言。奇美拉发出的誓言会约束她的意愿，即使她不想遵守，也不能违背誓言。

"你以为你特别聪明，是吗？"奇美拉的声音通过什么也不是传来。爱莎姨妈没有回答，她只是从我手中拿走了那本书，把它放在火焰上。

"很好，"奇美拉说，"如果这对你意义重大。当你履行了交易中的义务，一切谜题都被解开后，我发誓，这个房间里的每个人都可以自由离开，这里没有什么会伤害你们。我以我的鲜血、生命、力量、子孙以及我的一切和未来发誓。仅此而已！"

当最后一句话响起时，空气似乎变得厚重了，我的呼吸变得越来越困难。火焰闪烁着，什么也不是倒了下去，差点儿又一次晕倒。

"救命，"它用很小的声音说，现在完全是它自己的声音了，"我想……我想我的头要裂开了。"

爱莎姨妈听了一会儿，时间长得足够让奥斯卡开始紧张到抽搐了。

"是这样吗？"奥斯卡接着说，"我不是说这听起来不酷，但是……"

"她不能收回那个誓言了，"爱莎姨妈宣布，"除非她不想继续活下去。"她转身离开壁炉，打开书。

"到底什么意思？"奥斯卡问。

爱莎姨妈皱起眉头。"没什么特别的。"她说，"珊妮娅，这是你姑姑艾比的笔迹吗？"

"是的，那是她的笔记本，或者说是其中一本。每当燕子来时，她总会写下一些例如在哪里找到美食或者加多少糖来做蓝莓酱之类的东西……书架上的许多旧书都是空白的，要么是因为墨水褪色了，要么是因为里面本来就什么也没写……这一定是其中之一。"

"太奇怪了，"爱莎姨妈说，"我觉得很难相信，奇美拉会仅仅为了得到你姑妈的蓝莓酱食谱就发动这一切……"

"我可以看看吗？"我问。

她把书递给了我。

"一公斤蓝莓，需要配一公斤糖。"书中的字迹斜斜的，有点儿散乱，这肯定是艾比的笔迹。"也许还要再加一点儿红醋栗汁和一撮黑胡椒，这能够提味儿，并增加味道的层次感……"但这并不是全部。

"她还说了别的什么，"我说，"在后面……在这下面……看！"

"在哪里？"爱莎姨妈说。

"这里。"那是另一种字迹，颜色更浅，但我越看越清楚。我不明白爱莎姨妈怎么会看不到。

"除了那些关于蓝莓酱的内容，我什么也看不见。"她说，"珊妮娅，你能看见吗？"

珊妮娅蹒跚着走向我们，除了肩膀上的伤，她身上似乎还有别的伤口。她顺着爱莎姨妈的手瞥了一眼。"我什么也看不见，"她说，"除了艾比姑姑的笔迹以外，什么也没有。"

"但它就在那里。"我坚持说，又仔细看了看以确定自己没看错。我翻过书页看那些字迹是否还在。字迹看起来更清楚了，读起来却很困难，因为这些字母和我平时使用的字母有点儿不同，但是它们拼出了一些东西。

"大声朗读，"爱莎姨妈说，"如果你能……"

我拿着那本书，让火光照亮书页。当我看到前几个令人绝望的字眼时，周围的房间似乎变得不真实了，只有页面上的字眼才是重要的。我开始读……

WILD WITCH

Chapter 20
第二十章
遗忘诅咒

我是翠碧，我需要把它写下来。如果我不这样做，我很快就无法让自己记住它。我必须把它写下来每天读，每一天。这样我就不会遗忘。

我是翠碧。那是我的名字，那就是我——奥罗拉的女儿，比亚尼斯的妻子，米诺和埃利斯的母亲，一位荒野女巫。我还活着，我在这里，我还没有死。

战斗结束后，我以为我赢了。岩石无声，转轮也不再发光。我还活着，布拉维塔消失了。我一定是胜利了吧？

我失血太多了。沙滩上、岩石边和泉水中到处是血——它们已经吸收了这么多的血，但是最后又被这些厚厚的、发亮的血丝糊住了，就像海绵再也吸收不了更多的水一样。我也能感觉到它，在我奔腾的心中，在我干渴欲裂的喉咙中，在我的每一个毛孔的尖叫中。诅咒的力量，我无法摆脱这种渴望——但我知道我还能感受到任何东西都已经非常幸运了。

　　血，这一切都是关于血液的。我的血在我的继承人身上，布拉维塔并不拥有我的血。我认为这是我的胜利，即使事实证明她对我造成的伤害是致命的。不管我是死是活，我的血液都会流淌在我儿子们的血管里，我的记忆将在他们的心中永存。

　　希望是虚伪的，我是愚蠢的。

　　我是翠碧。这是我的名字，这就是我。记住我。牢记！

　　夜爪躺在我身边，它也活了下来。我把手指埋在它的皮毛里，把疼痛的脑袋靠在它的腰上。

　　"起来，"它说，"起来！谁先倒下，谁先死去。"

　　它是对的。但我的力量耗尽了，只能留下遗嘱了，我甚至虚弱到连做这个都很难。我能感觉到夜爪在我身边倒下，我开始忘记为什么起来很重要了。

　　夜爪把一只爪子搭到我手上："起来！起来！"

　　哦，诅咒的力量。我的弱点很明显，但最

后我站起来了。夜爪很擅长让别人鼓起勇气。

风呼啸着穿过洞穴中隐蔽的裂缝和通道。震动已经消失了，基石还在我的脚下，好像它从来没有在我们脚下并试图把我们绊倒过。但是灰尘仍然在空中徘徊，偶尔我能听到一些东西在咔嗒作响。

走了几步之后，我意识到，我不能再走原先的老路了。大部分洞顶已经塌陷，我再也没有力量去挖掘通往自由的道路。只有一条路可走，那就是跟着涓涓流过的泉水，穿过它打通的通道，到达大海。

在开始漫长而艰难的旅程之前，我最后一次环顾了一下洞穴。现在没有多少光线——从裂缝中钻进来的微弱日光正逐渐减少，夜晚很快就会来临。但我仍然能看到刻在洞穴地面上的转轮。它像基岩一样寂静无声，仍然完好无损。

它没有被打破，韦斯特马克还没有倒下。

我正要转身离开时，我看到它——

一种杂质、一片瑕疵，并不在轮毂上，也不在轮圈里，而是在属于韦斯特马克和我的四分之一的转轮中。我跪倒在地，没有去想再次站起来会有多困难。我的血流过圆圈的那个部分，但那没关系，它属于那里，我也是韦斯特马克的一部分。但在它下面……我扯掉自己的头巾，尽可能地擦掉我的凝血。岩石现在看起来不一样了，不再是洞穴底部的一部分。就像在高温下熔化的沙土一样，岩石熔化之后又变硬变冷，像石英和玻璃一样纯净。在表层之下，我看到了我的敌人。她仰着脸直勾勾地盯着我，两手朝我伸过来。她用自己的血——而不是用我的血，在透明的岩石底侧写下诅咒，那诅咒已经开始影响我。只有一个符号——遗忘的符号。突然，我听到她内心的声音，虽然她冰冻的嘴唇从未动过。

"没有男人，没有女人，没有孩子，没有动物，没有谁会记得你。你所做的一切都将消散，你想说的一切都无法说出口，你所写的一切都将消逝。不管你是死是活，都不关我的事。因为你会被遗忘，被遗忘，被遗忘。你将永远被遗忘。"

我几乎不知道我是如何回家的，有时我希望我没有回过家，那么我就不会在孩子们的眼睛里看到遗忘，那么我就不会活得长到足以意识到记忆是多么脆弱。

我是翠碧，我还在这里。最后，我理解了

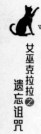

为什么人们会用笔做记录和写书。当他们不再存在于这里时，他们希望被记住，这是很容易理解的。但这并不是唯一的原因。因为当我们还活着的时候，也可能会被遗忘。当我们仍然在呼吸、思考、做梦、说话时，我们却被遗忘。我血脉中的记忆最为悠长，但人们对我的记忆开始褪色。人们看着我的衣服，好像不记得它属于谁。他们想知道为什么我打开的门不再关闭。他们不会再看见我了，他们的凝视从我身上绕过，我像透明的一样没有踪迹。我的大儿子完全忘记了我。我的小儿子只记得他的梦，然后他哭了，好像我死了似的。他们再也听不到我的声音。我已经试过了使用笔墨，但是他们似乎看不到纸上的文字。

我是翠碧，我还在这里。但现在只有夜爪才能看到我，这还不够。一个人既不能生存，也不能死去。很快，我就不再记得我是谁了。

你已经报仇了，布拉维塔。

WILD WITCH

Chapter 21
第二十一章
转　轮

　　我几乎看不见这些字母的结尾，但不是因为它们褪色了。

　　"你哭了吗？"什么也不是说，"请不要这样，这会让她很生气。她不允许我哭，但我总是情不自禁地哭。我尝试控制自己，但是不管用。当我打喷嚏的时候，当我感到悲伤的时候，情况就变得更糟了。我总是哭个不停。"

　　"我没有哭，"我坚持说，"我只是流泪了。"

　　"为什么？"

　　"因为……如果你爱的人再也见不到你，那一定很可怕。他们甚至忘记了你的存在。"

　　"是的。"它说。

　　爱莎姨妈盯着书页。"我还是什么也看不见。"她说，"我听到你大声朗读，但是……"她突然站了起来，"走开。"她用指尖按压着额头说，"我不想被忘记！"

　　然后，她从一棵枯死的盆栽植物中抓起一把泥土，小心翼翼地撒在灰蒙蒙的铜板上——壁炉里会经常飞出火花，那铜板是为了保护地板以防它被点着。

　　"你在干什么？"奥斯卡很好奇。

　　"反击，"她咬牙切齿地说，"我绝对不想让一个四百多岁的鬼魂决定我能够记得或者必须忘记什么。我想要让这个诅咒从我脑海中消失，我现在就要。火……"她环顾四周。如果旧烛台上曾经有过蜡烛，也早就被老鼠吃了。她从壁炉里夹出一块发光的煤。"只能这样了。"她喃喃自语，然后把它扔在地上。"空气……"她看向什么也不是，"我们可以向你借一根羽毛吗？"

什么也不是看上去很惊讶。

"你想从我这里得到什么？"它既惊讶又自豪地问，然后马上手舞足蹈地从胸部拔了一根羽毛。"给你！够吗？你可以再要一根，或者多要几根都行。我是说……"它打了个喷嚏，在地毯上咯咯叫着，"不管你需要什么，我都愿意效劳，我想帮上忙！"

"谢谢你，"爱莎姨妈用一种异常柔和的语调说，"一定会的，你帮了大忙。"

什么也不是看起来高了几英寸，它高兴得直打喷嚏。

爱莎姨妈吐了一口口水，把羽毛浸在壁炉里的灰烬里。然后她小心翼翼地在铜板上画了一个十字，十字的四条线都一样长，然后绕着十字画了一个大圆圈，中间画了一个小圆圈。这是个有四根辐条的转轮，转轮被辐条分成四个部分，就像印在书皮上的转轮一样。现在其中三部分中分别有了泥土、煤和羽毛。她又吐了一口口水，最后四分之一中里有了一点儿水。

"轮毂……"她咕哝着，"如果这能奏效，那么……"她抬头看着我。我对她正在做的事情很感兴趣，因为她和平时的爱莎姨妈很不一样。我毫不怀疑爱莎姨妈是个女

巫，但她不是那种在地板上画神秘图案并执行复杂仪式的
女巫。她的魔法更为自然：比其他人看事物更深入一点
儿，用荒野之歌配合草本植物帮助动物们，或者像野生动
物一样使用荒野之路。我没有见过她这样做，这比圣歌和
仪式似乎更有意义。

"克拉拉，"她说，"恐怕我需要一滴你的血。"

"你在干什么？"我说。

"我想拯救翠……绿……拯救那个可怜的死去的
女人。"

"翠碧。"

"对，就是她。"

"你连她的名字都说不出来吗？"

"还不行，"爱莎姨妈冷冷地说，"我只需要记住我想
要做的事情。"

"我的血液会有帮助吗？"

"是的。你的血将成为转轮中心，聚在一起形成轮毂
并让整个转轮完整。你明白吗？"

"有点儿明白吧。"我其实没明白。我的意思是，我
可以看到转轮中间的那个小圆圈是它的中心，但是很难理
解为什么我的血会使它有所不同。

"支点，"奥斯卡喊道，"你看不见吗，克拉拉？如果
它是一个真正的转轮，而不仅仅是一个图案，那么轮毂
将是转轮连接到轮轴的点，整个转轮将围绕这一点旋转。
如果一个转轮没有轮毂，那么它根本不是一个转轮，只

是……呃……一个圆圈。"

"好吧……"我慢慢地说，"我想是这个道理。"

"当然是这个道理，"奥斯卡说，"这太酷了。来吧，克拉拉，戳戳你的手指什么的。"

小时候奥斯卡和我玩儿过滴血盟誓的游戏，现在他以同样的热情看着我。真可惜，奥斯卡没有一个荒野女巫姨妈，不然他一定会喜欢学习那些让我害怕的东西。

这里没有刀或者针，最后，我们用玻璃碎片在我的无名指上轻轻扎了一个小口子。

"把血滴在轮毂上，"爱莎姨妈说，"说绿……说她的名字。"

牢记翠碧。如果有什么消息被映入我的脑海，我想就是这个。

我跪在转轮旁边，把手指放在中间。不用我捏手指，血自己就流了出来，有光泽的、深红色的血液淌在我的指尖上，缓缓地滴落在煤灰画的黑色轮毂上。

血水无声地滴进去。我凝视着血液慢慢地充满整个轮毂，没有溢出，形成一个完美的红圈。我完全忘了我也该说点儿什么，就好像我脖子上的皮肤被垂耳的牙齿刺穿时一样，我的一部分自我在流血，另一部分自我则在"旁观"流血，我既是自己，又超越到自己之外，而且越来越多的自我超越到自己之外。

"克拉拉！说吧！"

爱莎姨妈的声音听起来很奇怪。血滴不断下落，我

仿佛与它们融为一体。转轮转了起来，"我"在中心，而其他一切都在旋转。奥斯卡说得没错，这原来就是支点。我静静地站着，其他东西移动得越来越快，直到变得模糊，然后我就什么也看不见了，完全看不见。

WILD WITCH

Chapter 22

第二十二章

没有谁会记得你

当一切停止转动时，我出现在了另一个地方。不再
有客厅、壁炉，也没有爱莎姨妈。取而代之的是黑暗，还
有海藻和海水的味道。几缕灰色的日光从洞顶的小裂缝中
垂直射下，周围还有沙子。远处飘荡着波浪和海风的声
音，海鸥在尖叫。

水在滴落。

我想这是梦境，不可能是真的，感觉却非常真实。
我的头很晕，手指在流血。当我摇摇晃晃地向前走的时
候，所有的东西都旋转起来，最后我不得不坐下来以免摔
倒。我脚下的沙子湿漉漉的，潮湿的感觉很快蔓延到了我
的腿上。

一个喷嚏声突然响起，紧接着听到："我很抱歉，很
抱歉。"

什么也不是坐在沙地上，它的尾羽扎进离我不远的
沙子里。

"我不是有意的，"它说，"只是我就是很难不跟着别
人。我努力尝试过，但是……"

"没关系，"我嘶哑地低声说，"我很高兴你来了。"

"是吗？"它吃惊地问。

"是的。"这是事实，但它的出现同时让我感觉有点

儿抓狂——这一切肯定都是真实的，我并没有失去理智，这不是一个梦。如果这是一个梦，我肯定梦里不会有什么也不是……

转轮仪式一定是出了问题，或者与爱莎姨妈预料的有什么不同。在这里，我和什么也不是一起，坐在在海边的一个地下洞穴里。

"你认为这是那个叫翠碧的女人提到的洞穴吗？"什么也不是问。

"是的，"我说，因为同样的念头掠过我的脑海，"我不知道我们为什么会在这里，但是……"然后我突然意识到了一件事情。

"请你再说一遍好吗？"

"什么？"什么也不是不解。

"这个名字。"

"哪个名字？"

"那本书中的女人的名字。"我耐心地说。

"翠碧？"

"是的，你可以把它说出来。"

"嗯……是的。"

这很奇怪。这个名字珊妮娅说不出来，爱莎姨妈说不出来，甚至连小狸也说不出来。它不管怎么努力，就是不行，只能写出"牢言己羽卒王白石"。但什么也不是能说出来。

"这怎么可能呢？"我紧紧地盯着这个脏兮兮的、眼

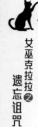

睛不停流泪的、长着羽毛的小家伙。"没有人能做到，你怎么能做到呢？"当然，除了我和奇美拉，但奇美拉不算。

"因为我什么也不是。"它悲伤地说。

"你是什么意思？"

"没有男人，没有女人，没有孩子，没有动物，没有谁会记得你。"它引用道，"那是诅咒。我什么也不是，所以我记得，至少能记得其中的一部分。这就是为什么妈妈可以利用我。"

"利用你什么？"

"我能看到书中说了些什么，但是我没有学会阅读。而当她开始教我的时候……我就不再是'什么也不是'了，我能做点儿什么了。然后……然后我就看不到书中的内容了，我是指翠碧写的那些，然后我又变得毫无用处了。"

"是的，"黑暗中一个声音说，"你总是以任何可能的方式彻底失败。"

什么也不是突然神情大变。它的眼睛亮了起来，嘴角扯出了幸福的弧度。

"妈妈！"它欣喜若狂地尖叫着，蹦蹦跳跳地跨过沙堆冲向奇美拉。

WILD WITCH

Chapter 23
第二十三章
血　术

奇美拉几乎没有足够的空间站直了，她笨手笨脚地抱着半折着的翅膀。我第一次想知道拥有翅膀的感觉。每天带着翅膀生活……当然，能够飞翔会很美妙，但如果代价是不能进入任何低于四米的地方……我以前从来没想到过这种情况。

我不知道为什么我现在在想这件事，也许只是因为我不管想什么都比只是静静地盯着奇美拉看要好。我的心怦怦地乱跳。

嗯，我在猜想奇美拉打算怎么办呢。她追捕了我好几个月，在荒野世界里变成了一个流浪者，但我还是不知道她到底想从我这里得到什么。

她那双黄色的掠夺者的眼睛盯着我。

"女巫之子，"她说，"你来了。我知道即使是爱莎那个伪君子也无法抵挡诱惑。"

"诱惑？"我问，"什么诱惑？"

"解除诅咒的诱惑。但是你的女巫姨妈并不像她想象的那样理解血术。"

血术——从来没有人真正告诉我这个词的意思，但我能理解。我内心的某种东西认出了它，并知道它是我的血液混合了别的东西的时候发生的事。这就是为什么有时我知道奥斯卡在做什么，即使我不在他身边。这也是我可以和小狸"说话"的原因——自从那天早上在楼梯井，它舔了我的血的那一刻起，我们就被联结在一起。是血术将垂耳从奴役中解脱出来，是血术把我带进了这个洞穴。

奇美拉的翅膀突然向前扫来，我被撞倒了。她不停地快速地、嗖嗖地拍打着翅膀，把沙子扇到空中旋转起来。我不得不眯起眼睛阻挡风沙，沙子堵住了我的口鼻，我被困在狂暴的沙尘中，不得不吐了口唾沫。我半瞎半聋的，只能隐约听见她扑腾翅膀的沙沙声。

我试图站起来，但是她马上就用一只翅膀扫过来击倒了我。我站不起来，甚至都坐不起来，只能躺在沙滩上喘着气发呆，直到周围的风暴终于平息下来。我就像被人用高尔夫球杆打了后脑勺儿，但事实证明，她用翅膀打到我不只是因为她想把我打倒在地。

她把大部分沙子从洞穴的底部扫掉了。在沙子底下，地面平平整整，像玻璃一样。"像石英和玻璃一样纯净"，翠碧曾在她的书里写过。虽然几个世纪以来沙子的磨砺使它不那么清晰了，我仍然能看到一个大十字轮的轮廓，形状和爱莎姨妈在客厅里画出的那个差不多，只是起码有那个的三倍大。我几乎是躺在了这个转轮中间，不知怎的，这让我感觉不安，我试图爬走，但是胳膊和腿使不上力气。

"土！"奇美拉用一种金属般的声音对着岩石喊道。从我们周围的黑暗中出现了一只……鼹鼠？这是我所见过的最大的鼹鼠。也可能是因为我躺在地上看，它才显得那么大。它向前蠕动时那粉红的鼻子抽搐着，铲子般的前爪笨拙地滑过光滑的地面。它看上去并不情愿，但奇美拉让它别无选择。她用长长的手指指着圆圈的四分之一处。鼹鼠在地上蹭来蹭去，最后还是到达了她所指的那个地方。我可以看到它的身体在颤抖，我能感觉到它有多恐惧。它不想待在这里，这不是属于它的地方，它想回到它的地下隧道，那里有湿润的土壤、美味的蠕虫、潮湿的叶子、脆脆的甲虫和多汁的草根。

"水！"奇美拉的第二个命令让我跳起来，就像她在召唤我一样。但她并没有召唤我，而是在召唤另一种生物。伴随着海洋的气味和海鸥的叫声，一只小小的灰色斑点海豹被迫穿过洞穴的地面。它的眼睛让我想起了棕色拉布拉多犬武弗的凝视。小海豹不想在这里，它发出了抵抗的咝咝声，但是奇美拉傲慢无礼地用手指压制了它的抗议。它在沙地上蹒跚着，最终躺在了自己的四分之一圆里，紧挨着鼹鼠的位置。

"空气！"

"用我！"什么也不是大叫着，全力往空中跳去，"我有羽毛！我能帮上忙！"

奇美拉的注意力受到干扰。

"你什么也不是，"她生气地说，"在你毁掉一切之前滚开！"

"无用的怪胎，"奇美拉咆哮着，用翅膀把什么也不是扫到一边,"滚到别的地方去死吧!"

什么也不是在地板上一边打喷嚏一边扑腾着翅膀。

"我很抱歉,"什么也不是呜咽道,它泪流满面,比之前更痛苦,"我试过了,我真的努力了!但是我一旦开始思考,就很难生活下去了!"

什么也不是疯狂地拍动着翅膀,设法飞到洞穴的沙地上方大概一米高的地方,因此差点儿撞上一只大灰鸟——它正从和海豹相同的方向飞过来。这不是海鸥,而是一只灰雁,有一个鲜亮的猩红色的喙,胸膛和脖子上有黑色宽条纹。它转向一侧以避免碰撞,并在光滑的洞穴地面上笨拙地挥舞翅膀。它大叫着表示抗议,听上去有点儿像一辆小汽车在对着卡车鸣喇叭。但是当奇美拉将她那只爪子一样的手举起来一摆,它立刻停止了叫声,将头垂在胸前,好像已经不堪重负,翅膀也停止了拍动。

"火!"奇美拉接着命令道。

这一次,从黑暗中出现东西需要更长的时间。等了很久,我听到爪子在岩石上拍打的声音,一只又胖又尖的小蜥蜴不情愿地爬进了圆圈。我马上就认出了那是一只火蜥蜴,就像去年秋天我在烈火试炼的第三关遇到的火蜥蜴一样。作为一个洞穴居民,它并不适应这里,它宁愿回到黑暗中。暴露在从我们头顶岩石裂缝射进来的阳光下,它感到不安全,它害怕奇美拉,但不得不服从她。

奇美拉弯下身子,用她那滑稽的手抓住鼹鼠。我的心里一紧。她把爪子划过鼹鼠的身体,然后把那小小的尸体扔在海豹跟前，只用翅膀一挥，又将其扫到海豹后面。

"不！"我喊道，或者至少我试着喊。我的视力还在适应，我的声音比平常更微弱。奇美拉要杀那些动物！这就是她所谓的血术，她想用它们的血，她打算……

她想用我的血？

我无法得知她到底想用血干什么，但现在我不在乎。

"小狸，"我尖叫着，大声地在我的脑海里使用我的全部能量，"现在！"——它必须来，我们必须比以往更加努力地并肩战斗，这就是事实。我已经准备好了，不管是现在还是永远。

但它没有来，就像那些野狗包围我的时候，我呼救，但它没有来，它抛弃了我，它……

此时，就像和野狗在一起的时候那样，我头脑中的一切都安静了下来，我就像在看一部没有声音的慢动作电影。我又一次看到垂耳的下巴和喉咙，我看见它的牙齿落下，划破了我的皮肤……

我的血液，翠碧之血。

"牢记翠碧。"我低声说。

WILD WITCH

Chapter 24

第二十四章

生命窃贼

"诅咒的力量。这个女孩儿还很不听话，完全没有受过训练！"

我低头看着自己的身体，就像从陌生人的眼睛里看到自己一样。那双眼睛把我当作一个孩子，没有长大，非常软弱，几乎毫无用处。

"她还没有真正开始长身体呢！"

我没想到自己在处于致命危险时还会这么脸红和尴尬，但事实就是如此。我本能地举起手臂，把它们交叉在胸前。

"站起来，克拉拉！"我脑子里一种全新的、专横的声音命令我，"起来！"

突然，我站起来了。奇美拉在转轮旁边，立刻挺直了身子。她半转过身，朝我的方向伸出一只翅膀，想要再次把我撞倒在地。

惊恐像黑潮一样涌上我的心头。

"血液窃贼，"我内心的声音咝咝作响，"生命窃贼！"

"放开！那不是你的！"从我嘴里传出的声音比我自己的更加深沉，而且生硬、陌生。然后发生了……我不知道怎么说，很难解释。

我无法解释，我身上出现了一些东西，锋利闪亮的东西，如刀似剑。是的，就像一把剑。甚至还有一种歌声，有金属般的声音飘荡在空中。

奇美拉尖叫起来。

她的一只翅膀落到地上，然后开始在我眼前溶解。那些羽毛逐渐散开，每根羽毛都闪闪发光，它们变成了一只只鸟，有鸫鸟、麻雀、秃鹫、苍鹭，有巨大的白尾海鹰，还有一只小小的鹪鹩。

那是数以百计的生灵，但并不是活着的鸟，即使我完全没有受过训练也可以看出来。它们的身体苍白透明，老鹰的翅膀穿过了画眉，但这毫无妨碍。这些是幽灵鸟，或者更准确地说，是鸟的灵魂。它们都曾经是活着的动物，它们的生命被奇美拉所桎梏——每一根羽毛都禁锢了一个生命，这就是奇美拉的翅膀的代价。"另一只。"我内心有个声音低声说。

奇美拉摇摇晃晃，因为断了翅膀身体失去了平衡。

话语还没离开我的双唇，剑一般的感觉就涌上心头。这次为了解救被困在奇美拉另一只翅膀里的生灵，我必须自己拔剑出鞘。

奇美拉的另一只翅膀也被砍落，洞里随之充满了鸟儿的叫喊声：嘶哑的乌鸦叫声，海鸥的叫声和秃鹫的叫声……这些声音虽然令人困惑，但鸟儿们却是自由的。在一片翅膀拍打声中，它们起身翱翔，最后消失了，仿佛洞壁已经不复存在。

奇美拉的眼睛闪着一种令人毛骨悚然的光芒。现在轮到她蜷缩在洞穴的沙子里了，她身上没有羽毛，连爪子都萎缩成了长钉子的样子。

"妈妈！"什么也不是嘎嘎叫着，蜷缩在她的腿上，"发生了什么事？"

奇美拉猛地踢了它一脚，那束小羽毛在空中翻滚着，啪的一声狼狈地撞到湿漉漉的洞壁上。

"不！"我尖叫着，我现在更加愤怒了，因为什么也不是悲惨的遭遇，还有它曾问我"朋友"这个词是什么意思。

"奇美拉，你怎么敢这样对待我的朋友！走开！去吧！消失！离开我的生活，滚出去！我希望你永远离开！"这些话来自我内心深处，它们像无形的剑一样锋利。它们从我身上迸发出来，像巨锤一样猛地击中了奇美拉，酷烈袭人。

自从那个声音帮我除掉了奇美拉的第一只翅膀后，奇美拉就一直在尖叫。现在她的尖叫声似乎抽空了山洞里的所有空气，因此很长一段时间里我几乎无法呼吸。那尖叫声一直在继续，掺杂着鸟儿的叫声和人类的声音，包含着致命的恐惧和痛苦，还有仇恨、愤怒和复仇的渴望。

"你……"

"会……"

"为此……"

"付出代价……"

我用手捂住耳朵，但这远远不够，紧接着我不得不闭上眼睛。

直到周围安静下来，过了好一会儿，我才睁开眼睛。奇美拉走了。她已经完全消失了，就像我命令她做的一样。留下来的，与其说是一根羽毛，不如说是一缕头发。

"诅咒的力量，"我内心的声音喃喃低语，"这个女孩儿毕竟是个合适的女巫……"

转轮里的四只动物还在那里。海豹、灰雁和火蜥蜴都疑惑地盯着我看，好像不敢相信这一切都结束了。鼹鼠什么也看不见，它的小身体震颤了一下，然后就消失了。

"去吧，"我对其他三只动物说，"你们自由了，现在走吧……"

"自由"这个词让我想起了什么也不是。我转身离开这个转轮，那三只动物还活着，并不需要我担心什么。

什么也不是躺在地板上，它的头被撞到了。这个孤零零的小生命始终没能拥有自己的生活，我很难接受它直到死都不知道自由、友谊和幸福之类的字眼到底是什么意思。我跪在它身边，轻轻地抚摸着它潮湿、脏兮兮的羽毛。它仍然是温暖的，生命的热度并没有那么快散去。但是……肯定是……是的，它还活着，有微弱的呼吸、不稳定的脆弱心跳。它还活着。

"救救它。"我恳求道，因为我自己也不知道该怎么做。而且我有一种感觉，在这个方面，我内心这个崭新而古老的声音会比我更加明智。

"你确定那是它想要的吗？"

在我回答之前，我必须认真考虑这个问题。生活对于什么也不是来说，无疑是艰难的。它是被奇美拉以嵌合体的方式创造的，它自己无法选择。

　　"我们能帮忙吗？"我轻轻地说，"给它……也许给它几条像样的腿，或者一双翅膀，让它可以用来真正地飞翔。"

　　"那你会把谁的生命赋予它呢？"那个声音冷冰冰地问道，"你有没有问过它这是它想要的吗？"

　　这些话给我泼了一盆冷水，非常不舒服。但很快我就明白了，如果我在没有得到什么也不是同意的情况下开始改变任何东西，我也就没有比奇美拉好到哪里去。

　　"奇美拉不在乎这些东西是生还是死，"我为自己辩护说，"我在乎。"

　　"那个可怜的家伙自己想要什么呢？"

　　"也许……也许让它有时间去了解自由，还有友谊的含义吧。"

　　在我根本没有意识到的情况下，我的双手开始移动，重叠着轻轻地放在什么也不是那潮湿的胸部羽毛上。突然，我开始吟唱，发出低沉的嗡嗡声，同时有高有低，好像同步唱着两组音符。我的脑袋嗡嗡作响，天旋地转的。我停顿了片刻，这才意识到，我脑子中吟唱的是荒野之歌，就像爱莎姨妈的荒野之歌一样。

　　"孩子，别再反抗了！"那声音生气地说，"我们都筋疲力尽了，这已经够困难的了。"

艾巫克拉拉之

遗忘诅咒

WILDWITCH

我想要问的问题太多了。我怎么了？这苍老专横的声音到底是谁的？她在我的脑子里做什么？我能摆脱她吗？如果我能，我会吗？

但如果我要救什么也不是，就必须等一等。因为"我们"要一起拯救它，我自己一个人做不到。

我闭上眼睛，让那首荒野之歌顺其自然地吟唱。

WILD WITCH

Chapter 25
第二十五章
聊胜于无

　　当我清醒过来时，山洞里还是又冷又黑。然而，我感觉到，至少在我清醒过来之前的短暂时刻，这里既温暖又安全。

　　我并不孤单，我身边躺着一个熟悉的、毛茸茸的柔软身躯。而紧挨着我的肚子的，是另一个像足球那么大的毛茸茸的家伙。虽然我累得动不了，却又温暖又安心，因为小狸和什么也不是和我在一起。

　　我没有昏倒，也没有发生什么戏剧性的事。我只是睡着了。当荒野之歌结束后，什么也不是得救了。我已经筋疲力尽，不得不躺下休息片刻。根据我手表上的时间显示，这片刻显然变成了几个小时。

　　我必须离开这里，但是怎么离开呢？我无法确定有没有魔法能像把我带到这儿来的魔法一样，让我很快回到韦斯特马克的客厅，我也不想尝试。

　　我脑子里的声音也没有提供任何有用的建议。事实上，那个声音现在相当安静。

　　"你好？"我试探性地问，"这里有人吗？"

　　直到我大声地说出来，我才意识到这样的交谈是多么疯狂。

　　与翠碧同行——突然间，我完全确定我召唤的是谁，知道了是谁的声音在我心里说话——不管那是怎么发生的。

"翠碧。"我只是低声说出这个名字，我觉得太危险了，不能大声说出来。

小狸把爪子放到我的脖子上——不足以抓破我的皮肤，这只不过是它的警告而已。

"我在这里。"它说，稍微强调了"我"。就它而言，这已经足够了——我怎么可能需要别人呢？"小狸，我们能通过荒野之路离开这里吗？"

过了一会儿它才回答。"最好不要，"它接着说，"离转轮太近了。最好不要冒险……不要唤醒任何东西。"

它说的时候，我的脊椎颤抖了一下，这使我感到温暖和安全。

"我们得赶紧出去，"我说，"越快越好。"

肯定会有出路的。奇美拉也许能靠魔法在这里进出，但灰雁和海豹肯定不能。它们都是通过更传统的方法到达的。我比那只灰雁稍微大一些，但是……翠碧在她的书中说过，"只有一条路可走，那就是跟着涓涓流过的泉水，穿过它打通的通道，到达大海。"

这里有泉水，我听得见。

我至少花了一个小时小心翼翼地爬行，穿过洞穴，来到韦斯特马克下面的海岸线。我累了，洞里漆黑一片，我捧起什么也不是，把 T 恤的下摆折起来打个结，帮它做了一个兜袋。它并不重，实际上几乎没什么分量。我一直用一只手抱着它，这样它就不会掉出来。

这是一个寒冷有霜冻的夜晚，月亮接近满月，像一盏蓝色的聚光灯照亮了海岸。成堆的海草闪烁着蓝色的寒光，水面上结的冰也变成了蓝色，甚至小狸的皮毛也闪耀出蓝色的光泽。

我们逃了出来。然而，离开能抵御寒冷的洞穴，我很快就开始浑身发抖，几乎走不动了。当看到悬崖是多么陡峭的时候，我非常想坐下来好好地哭一场。我的身体和大脑统统疲惫不堪，但最重要的是我内心非常疲惫，十分痛苦。

"我知道你总是说，不应该在战斗之前就放弃，"我无力地低声对小狸说，"但是战斗之后呢？"

就在这时，我听见一声柔和的叫声在我们头顶上响起，一双翅膀掠过我的头顶。我本能地躲避，但这次不是姐妹鸟，也不是灵魂剥离的海鸥，而是图图。

"他们在那儿呢，"一个熟悉的声音从我身后响起，"我看见他们了！"

我转过身，看见奥斯卡挥舞着双臂，欢快地连蹦带跳跑过蓝色的沙滩。

"他们在这儿，他们在这儿，他们在这儿……"他突然在我面前停了下来。我能看出他想拥抱我，但是最近我们不怎么碰彼此了，因为其他人看到会取笑我们。不过我们现在离学校很远，我对我们班上的任何人都不用在意，我甚至不用在意亚历克斯和他关于女巫与魔法的愚蠢言论，除了……

"奥斯卡？"

"什么？"

"这件事你也要告诉亚历克斯吗？"

他做了个鬼脸。

"我会嘱咐他不要告诉任何人的。"他咕哝着，"只是……我只是觉得这太酷了……"他抬头看着我，这一次，他那张厚脸皮严肃得厉害。"我很抱歉，"他说，"我不该告诉他。"

"是，你确实不应该那样做。如果你把我要做的事告诉任何人，那么我真的会让爱莎姨妈把你变成一只青蛙！"

他看上去有点儿惊慌。"她不会那样做的，"他说，"她会吗……那个什么……你到底打算怎么办？"

"噢，闭嘴。"

我猛地抱住了奥斯卡，然后我听到睡梦中的什么也不是"哎哟"了一声。我俩都笑了起来，然后我们又一次拥抱在一起，但这次比较温柔。

"已经寻找你好几个小时了。"奥斯卡说，"爱莎说你就在岸边，但我们还是找不到你。"

"不是，"我说，"那里有一个山洞，是个地下洞窟，很难找到出路。"突然我意识到我的腿摇晃得厉害，我不得不坐下以免跌倒。

"你还好吗？"他忧心忡忡地问。

"我不知道。"我不确定地说，因为有很多东西在我脑海里回旋。翠碧现在陷入了沉寂，但我仍然记得透过她的眼睛看到自己，体会到看到一个无知的未受过训练的孩子是什么样的感觉，那感觉不太好。我有一种可怕的感觉，不是在胃里，也不是在肺里，而是在我的灵魂中，那里有着野性、血术和其他一切。我可能不会因为刺伤或姐妹鸟的咬伤而大量流血，但我受伤了，我不知道如何治愈这种伤害，也许爱莎姨妈知道。

我不能向奥斯卡解释这一点，至少现在不能。我找了个更加简单明了的话茬儿。

"我快冻僵了，我甚至感觉不到自己有腿了。"

"跟我来，"奥斯卡说，"还有几步路。我想珊妮娅的房子已经生好火了。"

小狸伸了伸懒腰，打了个哈欠，用一只大爪子拍了我一下，"那么，我们还等什么呢？"

爱莎姨妈她们已经离开了客厅，到了一个被珊妮娅称为花园的地方，在一个高高的白色炉子前面烤火。但是称这里为房间显然比花园更合适，毕竟仅有的花就是壁纸上的花。突然，我意识到这是一位荒野巫师的家。墙上有动物的图片，书架上有关于动物的书籍，满是灰尘的罐子里装着干草，这里还有筑巢的箱子和狗的篮子——武弗已经挑了一个最漂亮的。

"给你，"爱莎姨妈说着，递给我一杯热气腾腾的茶，"尽量多喝点儿，不要烫着自己。"

我围着三条毯子，垫着褪色的花边垫子盘腿坐在沙发上。怀里的什么也不是睡着了，但偶尔还会打一两个喷嚏。我尽可能地告诉他们洞穴里发生了什么，但许多事情我还是很难解释清楚。例如，奇美拉是如何失去翅膀的。

"你把它们砍掉了？"奥斯卡困惑地问，"怎么办到的？"

"反正不是用刀子，"我说，"更像是用来自这里的力量……"我指着我肋骨下部的位置，"我真的不……"

"魔法？"他急切地问，"你用魔法了吗？"

"是吧，我想……"但这也不是真的。魔法是指那些挥舞魔杖、召唤火球或者念动咒语的事情，我从没听说过魔法会让谁在胸腔里舞刀弄剑，然后让谁莫名其妙地受伤。

我能感觉到爱莎姨妈的眼睛盯着我，但我一直盯着手里的茶杯。

"克拉拉，对不起。"她说，"我应该找到比用血术更好的方法。"

"血术？"奥斯卡的耳朵竖起来了，"那是什么？"

"就是我想用转轮做的事情。土、水、空气和火，血液把它们结合在一起。我有一种预感，那就是当初制造遗忘诅咒的方式，所以我认为我需要这么做来解除它。但是……"她举起手来，"血液有它自己的意志。俗话说，血债血偿，这就是为什么血术很难控制。更糟糕的是，血术需要一颗非常纯净的心，否则就会变成谋杀。我不应该和你一起冒这个险，最起码绝对不能在不经你同意的情况下这样做。"

"如果你没有这样做的话，我们可能还被困在那个客厅里，或者更糟。"我说，"姐妹鸟怎么样了？"

"这太疯狂了，"奥斯卡说，"它们刚才从天上掉下来。我们可以透过窗户看到它们，听到它们撞到大厅的地板上。它们中的一部分变成了普通的活鸟，飞走了。但大多数变成了奇怪的羽毛、骨头和牙齿，就像万圣节的装饰一样。"

"僵尸鸟！"我想到了奇美拉翅膀上的羽毛。每根羽毛都对应一个生命。血术需要一颗非常纯净的心，否则就会变成谋杀——翠碧称奇美拉为生命窃贼。

"它们是用血术创造的吗？"我问爱莎姨妈。

"是的。"

"恶心。"奥斯卡说。

"我不想变成那样的人。"我说着，抬头看看爱莎姨妈。

"克拉拉！我向你保证，你不会！"爱莎姨妈保证。

但我仍有所怀疑。我的血液有些问题，我有翠碧的血，"我的血在我的继承人身上"，翠碧在她的书里就是这样写的。不知道什么原因，在四个世纪之后，她把它传给了我。

这感觉实在不好。

什么也不是简直不敢相信。

"你要我跟你一起走吗？"它一遍又一遍地说，"跟你一起？你不介意吧？"

"是的，"爱莎姨妈说，"如果你愿意的话，你可以和我住在一起。也许你可以帮我整理一下我的论文。毕竟，你知道如何阅读和写信，不是吗？"

"是的，"什么也不是受宠若惊地说，"我……"

"那就这么定了。我的意思是，如果你愿意的话。"

什么也不是打了个喷嚏，泪水在它的面颊上滚落，它的眼睛中满是幸福。

"我非常愿意，"它说，高兴得就像一下子得到了十年的生日礼物。

然而，珊妮娅却不想和我们一起回家。

"我已经到家了。"她说，"我再也不会离开韦斯特马克了！"

"你还没有足够的力量独自生活，"爱莎姨妈反对道，"你身体也不太好。请和我们一起回去，我保证等你好起来的时候，我会帮你回到这里。"

珊妮娅只是摇摇头。"我就待在这里。"她说。

爱莎姨妈不想就这样放弃，但我可以看出来她怕我妈妈和奥斯卡的妈妈担心。

"我很快就会回来看你的，"爱莎姨妈说，"一定尽快。"

珊妮娅苍白着脸点了点头。"你不必对我那么好，"

她说，"我完全知道自己做了什么。"

"既然我们已经原谅了你，"爱莎姨妈说，"你能不能努力原谅你自己？"

珊妮娅低头喃喃地说了些我听不清的话。

"你说什么？"爱莎姨妈问她。

"我说好的。"

但我很确定她没有，她远远没有准备好就这样简单地原谅自己。

我们把珊妮娅留在那里，留在韦斯特马克正门外面的石阶上，尽管我们谁也不愿意看到她这么孤单。

"她需要找到一个新的荒野伙伴，"爱莎姨妈说，"她还没有从失去埃尔弗里达的悲痛中恢复过来。"

她刚说完，红隼就从风向标上飞到屋顶上，在我们头上划出一道弧线，又朝着珊妮娅飞来。她吓了一跳，伸出手臂，红隼落到了她的手腕上。我忍不住笑了。

"我想这不是问题。"我温柔地说。

WILD WITCH

Chapter 26
第二十六章
借口

"武弗跑丢了，我必须找到它。"——奥斯卡是这么告诉警察的。

我们甚至没有讨论过我们回来时该说些什么。老实说，我认为大家心里都没有谱，甚至连爱莎姨妈也没有。显然，比起对妈妈和警察编造令人信服的借口，她更擅长修复折断的鸟翅和治愈发烧。

奥斯卡的借口是一个很好的封面故事，因为它既简单又好记，甚至还有一部分是真实的。尽管如此，有些方面还是有点儿缺乏可信度。

"找了四十八小时都没找着？"警官扬起眉毛说，"你什么时候打电话回家或者和大人联系的？"

"呃……我……啊……没信号，"奥斯卡边说边扯袖子来掩盖姐妹鸟的咬伤，"我的意思是，我的电话没电了，没有电池，不在服务区。事实上，两者都是！"

警官狠狠地瞪了一眼奥斯卡，然后是奥斯卡的妈妈，然后目光又回到奥斯卡身上。他显然怀疑奥斯卡离家出走是因为陷入那些十几岁男孩儿不应该搅和进去的坏事，比如喝酒、超速驾驶或者打群架什么的。

"你呢，年轻的女士？你有什么要说的吗？"

这位年轻的女士就是我。我盯着我的长筒靴，清了几次喉咙。

"没什么，"我说，"或者说……我只是在帮助他去找武弗。"

警察怒气冲冲地叹了口气，啪的一声合上了笔记本。

"很好，"他说，"你们两个都安然无恙，而且似乎也没有犯罪。但不要让它再次发生，你们明白了吗？"

我们俩都频频点头。这位警官向奥斯卡的妈妈道别，对武弗怒目而视，他显然觉得武弗也应该对这次麻烦负部分责任，然后拖着沉重的脚步走下楼梯，向对讲机念叨了几句。我想警察这关算是过了，现在只剩奥斯卡的妈妈了……还有我妈妈。

奥斯卡也不想面对他妈妈。很明显，她可不会被"我必须找到武弗"这种故事给糊弄了。

她的脸绷得紧紧的，好像在努力控制自己大喊大叫或者乱砸家具的冲动。

"你，回家，现在。"她命令我，然后气急败坏地指着奥斯卡，"你，去洗澡。之后我希望得到一个很好的解释。"

我去找奥斯卡，是因为他离开时间太久了。我在回家的路上给妈妈发了短信，报了平安。即便如此，我还是害怕她将要说出的话。

当我走向自己家的前门时，我在想奥斯卡会怎么和他妈妈说。事实是如此的……令人难以置信。可是毕竟，他的妈妈没有一个当荒野女巫的姐姐，他的家人所做过的最疯狂的事可能就是去动物园了。如果奥斯卡试图解释到底发生了什么——荒野之路、姐妹鸟、血术以及整个事件——毫无疑问他妈妈会认为他在撒谎，或者得了失心疯。但他还能说什么呢？

也许我很幸运，因为我妈妈会相信我。

"嗨！"我从大厅里打招呼。

尽管灯亮着，但我没有听到回答，我能听到电视里新闻频道的低沉声音。

我妈妈坐在沙发的一端，在另一端是我爸爸。我走进去时，爸爸按下遥控器，关掉电视。

"你去哪儿了？"他问道，"克拉拉，到底发生了什么事？"

我站在那里，张大嘴巴，不知道说什么好。我没想到爸爸也在。我很习惯他不在身边，或者更确切地说，我把他放在一个"假日爸爸"的盒子里，用时方取。我甚至没有想过应该对他说些什么。

我悄悄地瞥了妈妈一眼。在我离开的时候，她有没有告诉爸爸关于爱莎姨妈和荒野世界的事？还是说，我爸爸仍然像奥斯卡的妈妈一样什么都不知道？

"奥斯卡的狗跑掉了……"我开始心虚地说。

"你留了一张纸条，"妈妈声音颤抖地说，"克拉拉，你留下一张纸条，然后就消失了。"她深吸了一口气，"试着换位思考，如果我对你做同样的事，一天晚上我溜出公寓，只留下一张便条告诉你不要担心，然后离开了三十六小时，甚至没有短信。你觉得你会有什么感觉？"

但妈妈不会这样做，我立刻想到，几乎脱口而出。

"我的手机没信号。"我试着说。

"你和爱莎在一起吗？"妈妈问，"你是去了她那儿吗？这是她的错吗？"

"不，或者说，我的意思是，是的，在某种程度上，爱莎姨妈也在那儿……"

爸爸的视线在我和妈妈之间转来转去，好像在看一场网球比赛一样。他皱起眉头。

"这跟爱莎有什么关系吗？"他说，"我没想到你们俩是那么亲密。"

我可以告诉他，至少有另一个成年人一直在我身边。

"爱莎姨妈帮了我们很多忙。"我说，"妈妈，你还记得吗？去年秋天，当我生病的时候，如果不是爱莎姨妈的话……"

我能看出妈妈在和自己做斗争。如果能够心想事成的话，我想她会让爱莎姨妈和整个荒野世界消失在一大堆烟雾之中。至少去年，有很多次她会这么想，那时我也会这样想。但是现在我不想失去爱莎姨妈，也不想失去小狸、星辰、红隼和垂耳……

事实上，我不想失去那个世界。嗯，可能奇美拉是个例外，没有她更好。

"我喜欢爱莎姨妈。"我坚定地说。

"嗯，这是件好事啊。"爸爸有些困惑地说。我想他可以看出，还有更多的事情发生了。"也许我应该尽快见见你的爱莎姨妈，这样当你和她在一起的时候，我可以更多地了解你的经历。"

"爱莎的生活和我们的生活完全不同。"妈妈说。

"你这是什么意思？"爸爸问。

"嗯，她住在乡下，更像是与自然和谐相处。"

"那又怎样？"爸爸说，"我们的女儿可以用不同的方式去认识生活，这能有什么危害？"

我看到妈妈忍不住想要向爸爸解释爱莎姨妈是怎样的与众不同，但我也知道她不会这么做。她花了很多年的时间让我们看起来像很普通、很正常，像是远离荒野世界的普通人。但她无法否认一个事实：她有一个姐姐是女巫。虽然她并不想透露这个秘密。

"对不起，我让你担心了，爸爸。"我说着拥抱了他，"我不是故意的。"

"是的，是的，小家伙。"他在我右耳边吻了吻我的头发，"别再弄出这种事。答应我？"

讨论并没有结束。我听见他们在客厅里悄悄地谈话，他们以为我睡着了。爸爸简直不明白妈妈为什么如此反感爱莎姨妈。"那是因为她完全不负责任吗？"

"不，"妈妈说，"这么说不公平。只是……她选择了另一种生活。"

"比如土厕所和柳条编织品之类的？"

"就像那样的东西吧。"

"克拉拉喜欢她，听起来好像她和她在一起有好处。"

"你不明白。我比你更了解我姐姐。你不明白……"

"不，你一直这么说。但我是这么理解的，我认为禁止克拉拉看望她姨妈是一个巨大的错误。给她你的祝福，那就不会再有这种令人恐慌的消失行为和令人心碎的小纸条了。"

妈妈什么也没说。她沉默了很长时间。我打了个哈欠，转过身来，感觉到睡眠越来越诱人了。但每当我闭上眼睛，一切都会变成深红色，红色的阴影、锋利的爪子和牙齿会靠近我。

"小狸？"我在黑暗中低语，"小狸，请你过来陪我待一会儿好吗？"

"如果我告诉你那是怎样的……"妈妈在客厅里的声音有点儿太吵了，"如果我告诉你克拉拉和爱莎在一起会很危险呢？"

"危险？什么？"

"就是……危险。"

"打架？飙车？少年犯？"

"不，不，没有那样的事。"

"那么你害怕什么呢？"

"就是……克拉拉会改变。她可能会发生什么意外……"妈妈深深地吸了一口气，"她会变成别人。"

"米拉，她不再是个小女孩儿了。成长总是危险的，但这是必要的。"

突然，我感觉到背上有些温暖。小狸趴在我身上咕噜地叫着。

"睡吧。"它说，"我会照顾你的，稍长一点儿。"

我没再听妈妈说的话，甚至她可能根本也没有再说下去了。我也没有问小狸"稍长一点儿"是什么意思。我睡着了，如果我做过梦，那么第二天早上我也把它全忘了。

Chapter 27

第二十七章

小狸的微笑

WILD WITCH

　　第二天起来上学时我简直要疯了。原以为自己不会有什么异样的反应，毕竟早起上学是大部分早上都要做的事。但不知什么原因，我已经习惯了荒野生涯，觉得那才是正常生活。这些天来，我不禁想知道什么也不是是否喜欢和爱莎姨妈住在一起。而那道遗忘诅咒解除之后，翠碧的话是否还会出现在韦斯特马克的书上。与此同时，在日常生活中，我甚至记不起今天是什么日子、早上第一堂课是什么，即使我能想起来，也觉得这些事完全没有意义，毫无意义。

　　"你累了吗，小妞儿？"妈妈在学校门口停下来问。我们迟到了，出门时间太晚，连通常的交通堵塞都没赶上。

　　"有点儿。"我说。

　　"也许你本来应该待在家里的，"她松开变速杆，把手放在我的脸颊上摸了摸，"我不希望你又病倒。"

　　"又病倒？"

　　"是的，就像去年秋天一样。"

　　"我不会的。"不过我还是忍不住摸了摸额头上的抓痕。我现在知道，抓痕、流血和猫抓热都是必要的，这样小狸才能和我交流，"妈妈，那只不过是小狸……"

"是的，是的，克拉拉小宝贝。"她的话语速很快，好像根本不愿意谈论这件事似的，"但答应我，你会照顾好自己，放学直接回家，好吗？尤其是当你开始感觉不舒服的时候。"

"我不会再生病了。"我说，"当然……我答应你。"毕竟，她只是想照顾我。然而我们都开始意识到有时她也无法保护我。我轻轻地吻了一下她的脸颊，这可不是我平时对她说再见的方式。然后我跳下车，在她开车的时候挥手向她告别。

我看着汽车，所以没有注意到我不是唯一一个在上课铃声响了五分钟之后出现的孩子。然而，另外那个孩子注意到我了。

"看你要去哪里，笨蛋！"十年级的马丁说，尽管这次我不打算撞到他，但是他正守在学校大门的中间，狠狠地推了一下我的肩膀。他看起来有点儿像守门员，而把我当成了足球，他不会让球从身边经过。

"嘿，"他说，"你准备怎么道歉？"

"为什么？"我说。

"因为你是一个可怜的笨蛋，总是挡着我的路，这就是原因。"

他的眼睛闪烁着诡诈的光芒，耳朵旁的脸颊红肿，手也肿肿的。他打架了吗？学校里很少有男生敢和他打架，但校门外则不同。

我打量了打量他的块头。他没有变矮，也没有锋利的三角形尖牙，也没有几米高的翅膀——这让他看起来非常温和无害。

"对不起，但我真的没时间照你说的做。"我突然说，径直从他的身边走过。

我认为他是太震惊了，以至于无法做出反应。或者也许是我身上的荒野女巫气质足以制止他。无论如何，他没有碰我。

小狸在我身边漫步。它刚才还没有任何踪影，现在却出现了。

"如果你想让我挠他，我会的。"

我低下头，看见了小狸黄色的眼睛。我不确定我是否原谅了它，它曾经把我撇在野狗和奇美拉那里不管。

"你为什么突然这么乐于助人了？"我酸溜溜地说。

它只是看着我，露着闪闪发亮的猫牙微笑着。

我摇摇头，"谢谢，但不用了，我自己能搞定。"

小狸笑得更灿烂了，像个散热器似的浑身散发出暖意。我有一种强烈的感觉，我终于通过了它认为我应该通过的考试。它愉快地发出响亮的呜呜声。

"这就是我撇下你的原因。"它说着消失在迷雾之中。

我想，小狸说话总是算数的。